浅草鬼嫁日記　七
あやかし夫婦は御伽噺とともに眠れ。

友麻　碧

富士見L文庫

目次

浅草鬼嫁日記 登場人物紹介

あやかしの前世を持つ者たち

夜《や》鳥《とり》(継見《つぐみ》)由《ゆ》理《り》彦《ひこ》

真紀たちの同級生。人に化けて生きてきたあやかし「鵺」の記憶を持つ。現在は叶と共に生活している

茨《いばら》木《き》真《ま》紀《き》

かつて鬼の姫「茨木童子」だった女子高生。人間に退治された前世の経験から、今世こそ幸せになりたい

天《あま》酒《さけ》馨《かおる》

真紀の幼馴染みで、同級生の男子高校生。前世で茨木童子の「夫」だった「酒呑童子」の記憶を持つ

前世からの眷属たち

《酒呑童子 四大幹部》

熊《くま》童《どう》子《じ》

虎《とら》童《どう》子《じ》

いくしま童子《どうじ》

ミクズ

《茨木童子 四眷属》

深《み》影《かげ》

水《すい》連《れん》

木《き》羅《ら》々《ら》

凛《りん》音《ね》

周辺人物

津《つ》場《ば》木《き》茜《あかね》

叶《かのう》冬《とう》夜《や》

第一話　新学期

私の名前は、茨木真紀《いばらきまき》。

茨木童子《いばらきどうじ》という大妖怪《ようかい》の生まれ変わり。

だけど今は、ただの人間の女子高生。そして今日から高校三年生。

学園に着いてすぐクラス分けの冊子を貰《もら》ったのだけれど、廊下でそれを、祈るような気持ちで開く。

昨夜からずっとハラハラし続けていたのだが……

「わーい、やった、やった！　また馨《かおる》と由理《ゆり》と同じクラスだーっ！」

「三年一組か……。なんつーか、代わり映えのしないメンバーばかりだな」

「なによ馨、あんただって内心、ホッとしたくせに」

私の隣にいる黒髪の男子は、天酒馨《あまさけ》。

私の前世の旦那《だんな》様で、酒呑童子《しゅてんどうじ》という有名な鬼の生まれ変わり。

同じクラスになった女子たちがちょっと嬉《うれ》しそうにしているのは、馨が長身のイケメンだから。でも今は私の彼氏。そう、彼氏なのよ。ここテストに出ます。

「ふふ。まあ、代わり映えしないっていうけど、物凄《ものすご》く大きな変化もあるよ」

そう言ったのは、困り顔の笑みを浮かべた美少年、夜鳥由理彦《やとりゆりひこ》。彼は人間に化けた鵺《ぬえ》というあやかしだ。

由理が指差した、新しい教室の出入り口には、仁王立ちしたガタイの良い男子が立っていて……

「おはよう！　大妖怪の小童《こわっぱ》ども」

「げ、大黒《だいこく》先輩」

なんと浅草寺《せんそうじ》大黒天である大黒先輩が、私たちと同じ三年一組の前で待ち構えていた。

慌ててクラスメイトのリストを見ると、確かに〝大黒仁《ひとし》〟と書かれている。これは大黒先輩が人間の学生として使用している名前だ。

「わっはっは。嬉しかろう真紀坊、由理子、馨。頼もしい先輩が同級生になって」

「…………」

先輩はスーパーポジティブなので、こちらサイドの複雑な表情にはめげない、怯《ひる》まない。

「そういえば、大黒先輩って、高校三年生を永遠にループしているんだったね」

「神様で先輩、今年から同級生って、もはやどう扱えばいいのか……」

由理と馨が、困惑したまま目の前の神様を拝んだ。

高校三年生をループし続け、関係者以外の記憶を改竄《かいざん》するなんてとんでもないことをやらかしているのだが、この人は台東《たいとう》区内で最強を誇る浅草寺大黒天様。この土地では何やっても許されるし、何事をも可能にする偉大な力を持っている。

「もう大黒先輩って呼べないのよね。ちょっと寂しいかも。次はなんて呼べばいいかしら」

「今更大黒君とか、大黒さんとか、仁君とか呼ばれてもなあ。やはり大黒先輩でいいぞ」

「そう言うとこ、先輩アバウトよねー」

まあ、大黒先輩で定着してしまっているので、こちらとしてはありがたい。

周囲からは不思議がられるだろうが、同級生になったとしても大黒先輩は大黒先輩ってことになった。そういうあだ名ということで通そう。

他のクラスメイトを見てみると、七瀬《ななせ》やみっちゃんは同じクラス。

赤縁眼鏡が特徴的な丸山《まるやま》さんは別のクラスになってしまった。さらには……

「ほら、席につけー」

「きゃーっ、叶《かのう》先生〜っやったー！」

女子たちが悲鳴に近い声を上げて大歓喜している。

なぜなら我がクラスの担任が、金髪イケメンの理科系教師、叶冬夜《とうや》だからだ。

「げっ、うちのクラスの担任って、叶先生なの⁉」

「最悪だな」

私と馨はハズレくじを引いた顔してゲンナリとしていた。

奴が私たちの宿敵・安倍晴明《あべのせいめい》の生まれ変わりだからである。

「まあまあ。僕らが同じクラスになれるよう、あれこれ手配してくれたのは叶先生だから」

「え、そうなの？」

由理は自分の主《あるじ》である叶先生を、一応フォロー。

同じクラスになれるよう計らってくれたのはありがたい話なので、叶先生へ感謝の気持ちが芽生えたり芽生えなかったり。

それはそうと、私の隣の席が空席だ。

私はいつも通り、窓際の、一番後ろの席なわけだけど。

机と椅子があるってことは、誰かいるのだろうけれど、今日はお休みなのかな。

「早速だが、転校生の紹介だ」

叶先生が淡々と告げ、教室がざわつく。

高校三年生のタイミングで、転校生とは珍しい。

だが教室に入って来たのは、覚えのあるみかん頭で……

「津場木茜《つばきあかね》君だ。ご両親の都合で、ここ明城学園《めいじょうがくえん》に転校してきた。皆、仲良くするように」

「……どうも」

お澄まし顔した転校生。

うちのクラスには赤みがかった髪を地毛と言い張る私がいるとはいえ、派手なオレンジ髪に衝撃を受けているクラスメイトたち。

だが、私や馨や由理も、驚きでいったらクラスメイトの比ではなく。

「え？　みかん坊や⁇　ええええええええっ！」

「どういうことだ⁉　なんであいつが……っ」

「ああ。これにはびっくりだね。まさか茜君が転校してくるとは」

私たちは騒がしく驚愕《きょうがく》したが、クラスも大概ざわついていたのであまり目立たなかった。

「津場木、窓際の茨木の隣だ。わかるな」

津場木茜は「ええ」と答え、クラスのざわつきなどものともせず、スタスタとこちらまでやってきて、私たちを軽く無視して隣に座る。しかし、

「え、津場木茜よね？　そっくりさんじゃないわよね。ねえねえ、どういうこと？」

と、私が横でうるさく、

「多分、陰陽局《おんみようきよく》がよこしたんだよ。ねえそうでしょ？」

と由理が冷静な持論を述べる。さらに、

「つーか茜、学ラン似合わねーな」

馨が失礼なことをぬかすので、いよいよ津場木茜はガツンと拳《こぶし》を机に叩《たた》きつけ、

「ええい、うるさい絡むな馬鹿！　こっちが知り合いじゃねーフリしてるっつーのに！」

顔を真っ赤にしながらも、あいつらしいキレ方をしていた。

転校生の周りにはクラスメイトが群がり、教室の外にも人だかり。

これはもう、正常な学生の反応というか、学園の法則というか。

「ねえ真紀、あの子って、前に京都で会った他校の男子だよね」

クラスメイトで仲良しの女子生徒・七瀬佳代《かよ》が、私の肩をついて問いかける。

「そうよ、七瀬。いろいろあって、こっちに転校してきたみたい」

「いろいろって何⁉　あの子なにか問題起こしたりしたの⁉」

私の目の前にダッシュでやってきて、メモ帳片手に興奮しているのは、みっちゃんこと相馬満《あいばみちる》だ。みっちゃんは新聞部の部長になったので、転校生というかっこうの餌食《えじき》を無視できないようだった。

「いや、そう言うわけじゃないんだけど……。あいつ見た目はヤンキーだけどおぼっちゃま育ちだし、正義の味方だし」

「えっ、おぼっちゃまなの⁉　特ダネ！」

「ていうか正義の味方って何？」

みっちゃんはギャップのある〝おぼっちゃま〟要素に食いつき、七瀬は〝正義の味方〟というワードに食いつく。

「むしろ問題は私たちというか……」

そして、僅《わず》かに視線を落とし、ため息をつく私。

津場木茜が学園に寄越《よこ》された意味を、少なからず考えてしまう。

「ねえ津場木君、どこか部活入る予定あるの？」

「入らねー」

「それって剣道の竹刀？」

「ちげーよ、触るな」

「今日はもう授業ないけど、放課後ひま？」

「ひまじゃない」

津場木茜は距離感を一気に縮めようとしてくるクラスメイトたちに対し、うざったそうにしているし、刺々《とげとげ》しい態度だ。

多分、元々の高校でもこんな感じだったんだろうな。友だちいなそうだったし……

クラスメイトたちは懲りずに質問をしたり、部活や遊びに誘ったりする。今日は始業式とホームルームのみで学校が終わったので、今から昼ごはんを一緒に食べよう、とか。

いよいよ津場木茜が困り始めたので、馨と由理が救済せんと、奴の後ろから両肩に手をポンと置き、

「悪いがこいつは俺たちと先約がある。おい茜。部室行くぞ」

「はあ？　だから俺はお前らと付き合う気はねーんだって」

「まあそう言わずに。お茶を出すから」

「はああ⁉」

そして、馨と由理に連行される津場木茜。

私もまた、彼らについて我らがアジトへと向かった。

そこは学園の旧館にある美術準備室を改造して作った〝民俗学研究部〟の部室であり、裏明城学園への入り口の一つでもある。

「で、これは一体、どういうこと？」

「何がだ」

部室の椅子に座らせて、津場木茜の取り調べを開始する私たち。

「何が、じゃねーだろう。お前がここによこされた理由はなんだ」

馨が具体的に問いかけると、津場木茜は腕を組んで、淡々と答える。

「陰陽局の決定だ。茨木真紀、天酒馨、お前たちには護衛が必要だと判断されたんだ」

「……なに？」

「バルト・メローとの戦いは、お前たちの存在感を一層表立ったものにしちまった。今や、あやかしや退魔師の界隈《かいわい》でお前たちを意識していない者はいない。天酒はともかく、茨木は素性も割れている。住んでいる場所までな」

それがどういうことかわかっているだろう、と言わんばかりの目をして、津場木茜は私を見ていた。

「浅草《あさくさ》には強固な結界があるとはいえ、この学園は結界外にある。ここにも叶さんが居るが、お前たちは勝手気ままに動くだろうし、力に驕《おご》って隙だらけに違いねーからな」

「でも、陰陽局が私たちを守る義務なんて無いでしょう？」

「はあ？　つーか別に、お前たちのためじゃねーよ。お前たちが学園に通っていることで、学園の生徒に危険が及ぶかもしれねーって話だ」

「それは……」

そうなることを考えていなかったわけではない。

だが、具体的にそう指摘されると、不安と罪悪感が込み上げてくる。それは最悪の状況だから。

私は普通の高校生活を望んでいるが、それは果たして、正しいことなのだろうか。

結局、数多くの者たちを巻き込み、不自由を強いるのでは……

そんな私の気持ちを察したのか、津場木茜は、

「別に、お前たちに学校に通うな、とか言うつもりはねーよ。前世が大妖怪《ようかい》とは言え、お前らは一般人だからな。あ、夜鳥はちげーけど」

むしろ由理は、叶先生に命じられて私たちの傍にいる役目を持っている式神。

だが、陰陽局は陰陽局で、私たちの傍に津場木茜をよこしたのだ。

「ま、何かあった後じゃ遅いからな。目障りかもしれないが、極力関わらねーから安心しろよ」

津場木茜のこの言葉の後、僅かに、沈黙が流れた。

各々《おのおの》が状況を納得する時間だ。そして、

「うん、わかった。……ならあんたも、民俗学研究部入ってちょうだい」

「は？　茨木てめー、人の話聞いてたか？」

津場木茜はガクッと首を傾け、私の真面目な提案に呆《あき》れた顔をしている。

「だって、私たちのそばにいるのが役目なら、民俗学研究部に入るべきよ！」

「意味わかんねー。別に部活なんて入ってなくても……」

「いいえ！　絶対、入ってちょうだい！　絶対よ！」

私は念を押した。私たちと同じものを見ている津場木茜なら、この部活に入る資格があるからだ。そして私は、やはり仲間には同じ場所に集まって欲しかった。

「そうだね。部員が四人になったら、今年貰《もら》える部費も増えるし」

「部費が増えたら電気ケトル買おうぜ。ポットが古すぎる」

「お前らって……」

由理と馨は現金なことを言うので、津場木茜はがっくりと肩を落とす。

なんだかもう、私たちに対しあれこれ言うのも疲れたみたい。

「つーかなんだよ、民俗学研究部って。お前たちにしちゃ、堅苦しい部活名だな」

そして、この埃《ほこり》臭い部室を見渡した。


——なぜ我々あやかしは人間に退治されなければならなかったのか。


そして、ホワイトボードの上の方に書かれた、私たちの永遠のテーマを見つけ、目を細める。

「あやかし関連のあれこれを調べたりまとめたり、っていうのは建前で、だいたいここで弁当食って、だべってお茶してるわ」

私はというと、まだまだ諦《あきら》めず、部活の紹介を続けた。

「まあ、僕らの拠点だよね。教室じゃ、滅多な話ができないし」

「そうだな。あやかしが見えるなんて言ったら最後、変人扱いだ」

「あと、カッパーランドへの入り口もあるわ。ここの掃除道具入れ。叶先生は大体この先の、旧理科室にいるわ」

由理と馨に続けて、掃除道具入れを開けて空間の歪《ゆが》みを津場木茜に見せつけながら、部室最大の特徴をご案内。

「なるほどな」

津場木茜はこの説明だけで、部活の概要と、私たちの状況を察してくれたようだ。

「確かに、教室以外でこういう話ができる隔離された場所はあったほうがいい。そういうことなら、俺も入ってやる。このへんちくりんな部活にな」

「やったーっ！　部員が増えたわ」

私が喜んでいると、津場木茜はますます解せないという顔になる。

「まさかお前らに歓迎されるとは思わなかった。嫌がられるだろうと思ってたんだがな」

「どうして？　あんたはもう仲間みたいなものじゃない？」

「は？　意味わかんねーな。なんでいきなりそうなってんだよ」

「だって、この前、みんなであやかしを助けたでしょ。海賊と戦って」

バルト・メローとの一件でのことだ。

あやかしを連れ去り、外国に売り払う海賊たちと、私たちは戦った。陰陽局《おんみょうきょく》のサポートを受けながら。津場木茜には凄《すご》くお世話になったのだ。

「あれは状況が状況だったからっていうか。つーかお前たち、陰陽局嫌いじゃなかったか？　お前たちは千年前、退魔師に滅ぼされたんだろうが」

「確かに、陰陽局を全面的に信用するわけじゃないけどな。ただ、助けてもらったのは事実だ。それにお前は、あやかしをむやみに調伏するような奴じゃないだろう」

「…………」

　さも、当たり前のように津場木茜を受け入れている私や馨に対し、いまだ妙な戸惑いを隠せずにいる津場木茜。得体の知れないものを見るような目で、私たちを見ている。

　そんな様子に、由理がクスクス笑いながら、

「真紀ちゃんと馨君って警戒心は強いけど、一度心を許した人間にはすぐ懐くんだ」

「懐くって、何よ、懐くって」

「俺たちは犬か」

　由理の物言いに納得がいかないが、確かに私たちは、一度心を開いた相手のことは、信用する傾向にある。それまでが、ちょっと長いんだけど。

「ふん。まあ確かに、お前らの立場からすれば、陰陽局をすぐに信用できるはずないのはわかる。俺だって陰陽局の全員を信用している訳じゃねーし。だが、馴《な》れ合いはごめんだからな」

「ねえ津場木茜、あんたオレンジ色のマグカップでいいでしょ？　ちょうど余ってたはず」

「聞け。話を」

　津場木茜はオレンジ色のマグカップを取り出した私に、冷静につっこんだ。

　そして、ゴホンと咳払《せきばら》いをして、改めて私たちに注意する。

「お前ら、呑気《のんき》にしていられるのも、きっと今のうちだけだぞ」

「…………」

「SS級大妖怪・玉藻前《たまものまえ》……あのミクズが、次に何を企《たくら》み、どう仕掛けてくるかわからねえ。あの女は天酒、お前を狙ってるんだからな」

私もまた、馨の方に目線を向ける。

馨は顔をしかめ、黙って何か考えているような表情だ。

「それに狩人《かりゅうど》〝ライ〟も、あれから行方がわからねーしな。多分、ミクズの元にいるんだろうが」

「……ライ」

思わず、その狩人のコードネームを口にしてしまった。

由理だけが横目で私を見ている。何か勘付いたのか、叶先生経由で由理も知っていることがあるのか。

私は、言うべきだろうか。

バルト・メローの一件で対峙《たいじ》した、ライという狩人が、源頼光《みなもとのよりみつ》の生まれ変わりであること。あの狭間《はざま》を作った来栖未来《くるすみらい》であること。

だけど、それを言ったら連鎖的にバレてしまう。

あの青年が、酒呑童子の……

だが、由理は私にだけわかるよう首を振った。

「そういえば、今日は午後から急ぎのバイトがあるんじゃなかった、馨君」

「あっ！」

由理に指摘され、馨が慌てて立ち上がった。

「そうだった。遅れると何言われるかわからねー。じゃあ、俺バイトに行ってくるわ」

忙しく荷物を肩にかけ、ドタバタと部室のドアに向かう馨。

「馨、帰りは？」

「いつも通りだ。夕飯になんか惣菜《そうざい》買って帰る！」

慌ただしくそう言って、彼はバイトに行ってしまった。

「じゃあ、僕もそろそろ行こうかな。叶先生の式神会議があるんだ」

「式神会議って何？」

由理はただ苦笑しただけで、内容は秘密という感じ。多少面倒臭そうに、掃除道具入れを開けて〝裏〟側へと行ってしまう。

「俺も陰陽局に行かねーと」

「えっ、あんたも⁉」

津場木茜もまた陰陽局の仕事があるらしく、颯爽《さっそう》と部室を去る。

さっきまであんなに賑《にぎ》やかだったのに、気がつけば私、ひとりぼっち。

突然寂しくなってしまった我が部室。

「私だけ暇なのねえ……」

とりあえず、今まで三人分しかなかったものを、四人分に揃えたりした。

マグカップはもちろんのこと、名簿に書いてある部員の名前にも津場木茜を付け加えたり。みかんのイラストを横に添えたり。ホワイトボードにみかんを描いてみたり、冷蔵庫に残ってたみかんジュースを飲んでしまったり。

「よし」

こんなもんか、と思って満足し、私もそろそろ帰る準備をしていると、

「おい。茨木真紀」

いつの間にか、出入り口に津場木茜が戻ってきていた。

「あれ、津場木茜。あんたさっき帰ったばかりじゃない」

「お前に一つ、言い忘れたことがあったんだよ」

「言い忘れたこと？」

もしかしたら、馨や由理がいないところで、私に話があったのだろうか……

津場木茜は、至って真面目な顔をして、問いかける。

「お前、卒業後はどうするつもりだ」

私は目をパチクリとさせる。

まさか、そんな質問をされるとは思わなかったから。

「どうするって……そりゃあ、受験して、短大入って、就職して」

「行きたい学校や、就きたい職業が、具体的にあるのか？」

「いえ……それは、無いんだけど」

思わず、目を逸《そ》らしてしまった。

実のところ、それは最近の私の悩みでもある。そろそろ具体的に、進路を考えなければならない。

「ならお前、陰陽局に入るつもりはねーか」

「……え？」

何か聞き間違ったのではないだろうか。そんな風に、彼の言葉を疑った。

だが、津場木茜はもう一度繰り返す。

「陰陽局に、来るつもりはねえか」

「…………」

だから私は、瞬《まばた》きもできずに、じわじわと目も口も開けて、

「ちょ、ちょっと待って！　あんた、正気？　私は茨木童子の生まれ変わりよ！　陰陽局からしたら、宿敵だった鬼よ」

「だからこそ、だ。前に横浜《よこはま》中華街の月下棲《げっかせい》で、将来の話をしたことがあったろ。あの時から、ずっと思っていた」

「私を、側で監視するため？」

「それが無いと言ったら嘘になるな。だが、どのみち監視は続くだろう。この世にお前たちがいて、あやかしがいる限り、一生な。ならば俺たちの懐に入って、堂々とあやかしたちと関わればいいのではないかと、思っているだけだ」

「堂々、と……？」

「お前が、人間としてあやかしたちに何かしてやろうと思うのなら、その権利と責任を持つべきだ。陰陽局ならば、それが叶《かな》う」

「…………」

権利と、責任。

考えたこともなかった。私が陰陽局に、入るだなんて。

ありえない。ありえない。

ありえない……？

「ま、進路なんててめーが決めることで、俺はこれ以上何も言うつもりはねーけど。ただ、陰陽局に入るつもりがあるのなら、高校卒業後は京都の陰陽学院に通う必要がある。だから早めに伝えておいた。そう。俺は……伝えたからな」

津場木茜は、髭切《ひげきり》を収めた袋を背負い直し、そのまま小走りで廊下を走って、旧館を出ていった。

いっとき、私の周囲は静寂に支配される。

私は固まったまま、しばらくその場に立ち尽くしていた。

部室から見える中庭のしだれ桜が、ちょうど綺麗《きれい》に咲いていて、ゆらゆらと揺れている。

人とあやかしの狭間で揺れる、私の葛藤《かっとう》を、優しく撫《な》でるように。


「いやいやいや、ありえないわ。ありえない」

私が陰陽局に、ですって？

陰陽局に入るってことは、退魔師になるってことよ。

私が最も嫌った存在である、退魔師に。

「そんなことわかってるくせに、あいつ、いきなりどうしたのかしら。陰陽局に入って、私に何をさせる気なの？」

わからない。

青桐《あおぎり》さんの指示だろうか。あの人なら、確かに私や馨を味方に引き入れておこうと考えるかもしれない。前に鵺《ぬえ》である由理のことも、陰陽局にスカウトしてたし……

ただ、確かに私が、将来に対しこれと言った夢がないのも事実だ。

陰陽局の力を借りて、あやかしたちを助けられたのも事実。

そう。あのくらい大きな組織のバックアップがなければ、海賊バルト・メローから、あやかしたちを取り戻すことはできなかった。同じ規模の事件が起きた時、私は私の力だけでは、解決できないことが多々ある。

そんな風に悶々《もんもん》と考えながら、千夜《せんや》漢方薬局へと向かった。

千夜漢方薬局は早くも本日の営業を終えているようで、妙だなと思いながら、裏手に回ってインターホンを鳴らす。

すると、ペンギンの雛《ひな》を抱えた黒髪の少年が出てきた。

「いらっしゃい、茨姫《いばらひめ》様！」

「ぺひょ〜」

彼は私の眷属《けんぞく》の一人で、八咫烏《やたがらす》のあやかし・深影《みかげ》だ。通称、ミカ。

あやかしの心を読む黄金の瞳《ひとみ》は今や片方しかなく、眼帯をつけているのが特徴的。

また、ミカが抱えているペンギンの雛は、実のところツキツグミという鳥獣のあやかしで、私のつけた名はおもちと言う。もちもちしていて可愛らしく、鳴き声はぺひょ〜。

「もしかして、今日スイはいないの？」

「はい。お薬を特別なお客様に処方しに行ってます。スイじゃないとダメみたいなんで」

なるほど……。スイというのは私の眷属の一人である水蛇《みずち》のあやかし・水連《すいれん》のことで、彼はあやかし専門の薬師をしている。

時々、スイはそうやって自分自身でお得意先を訪問し、薬を処方しているようだった。

「茨姫様。学校で、何かあったのですか？」

「あれ、わかる？」

険しい顔でもしてただろうか。私はパッと笑顔を作って、

「実はね、陰陽局《おんみようきよく》の津場木茜が、うちのクラスに転校してきたの。もうびっくり！」

「ええっ、陰陽局の、髭切の小僧が、ですか⁉」

これにはミカもびっくり。

そしてミカが津場木茜のことを小僧と呼ぶのが、妙にじわじわくる私。

「あ、お上りください。お茶を淹《い》れます」

「ありがとー」

ミカはすぐに落ち着いて、私を家の中に入れてくれた。

最近、ちょっとしっかりしたお兄さんになってきたなあ。スイの教育がいいのか、自覚が芽生えてきたのか、おもちの面倒を見ているからか、もっと世間知らずの子がこの家に来たからか……

「茨姫、おかえりなのよ〜」

居間では、メイド服を着た藤の精霊・木羅々《きらら》が、ソファに座り夕方のワイドショーを観ながら、美味《おい》しそうなシフォンケーキを頬張っている。

これは浅草寺裏の、言問《こととい》通りにある〝otaco〟の米粉シフォンケーキ……っ！

「茨姫様もお召し上がりくださいませ。常連さんが持って来てくださったんです」

「えっ、いいの⁉ otacoのシフォンケーキ、米粉の優しい味で、もっちり、しっとり、ふわふわしてて大好きなのよね〜」

テーブルの上に、一ピースずつ綺麗に包装された、様々な味の米粉シフォンケーキがある。どの味にしようか迷ってしまうのだが、味を選ぶ瞬間も楽しい。

「ボクはアールグレイ味を食べているのよ。アールグレイの紅茶と一緒に。最近紅茶にはまっているの。最高なのよ」

と木羅々。優雅なティータイムがよく似合う。

「僕は先ほど、ココア味をいただきました。おもちは抹茶ミルク味を」

「ぺひょ〜」

と、ミカとおもち。どうりでおもちの嘴《くちばし》にパンくずみたいなのが付いていると思った。

「ここはやっぱり王道にプレーンかしら」

いざ、シンプルなプレーン味のシフォンケーキを手にとる。包装のビニールを剝《は》いで、そのままパクパク食べることもできるので、お土産にもぴったりだ。

ああ。あまりにふわふわで柔らかく、ちょっと持っただけで潰《つぶ》れてしまいそう。

ひと口食べてみると、唇に触れた瞬間にわかるプルふわ具合で、頬張っているとシンプルで甘さ控えめな米粉の生地にホッとする。

洋菓子より和菓子派の私でも、このふわふわもっちり感は虜《とりこ》になってしまう。

米粉でできているからか、ミカが淹れてくれた熱めの緑茶にも合うわ……

「それにしても木羅々、すっかりメイド服が板についてるわね。もともとその服が正装のように似合ってるわ」

木羅々は、淡い藤色の縦ロールを頭の両サイドにくっつけた、人間離れした美少女（性別不詳）だ。スイが以前言っていた通り、メイド服は秋葉原《あきはばら》で買って来たのかな。

「フリフリで可愛い上に、動きやすくて汚してもよい。最高の装束なのよ」

「どう？　ここでの生活には慣れた？」

私は、いつもはスイが座っている一人用ソファにドカッと座りながら。

「うん。ミカ君と一緒に薬草の面倒を見たり、お店の掃除をしたりしている。あとその丸い雛鳥《ひなどり》と遊んであげているのよ」

「ぺひょ～」

おもちがミカの腕から飛び出て、最近お気に入りのミニカーを握りしめ、木羅々の横にちょこんと座る。そしてソファの側面にミニカーを走らせて遊んでいる。

おもちも木羅々を家族と受け入れているようだ。

おもちにとって、スイは叔父《おじ》さんポジション、ミカはお兄ちゃんポジションだから、木羅々はお姉ちゃんポジション……かしら？

「おもちも、ここにいると寂しくなくていいわね」

「ぺひょ」

「いっそこの家の子になる？」

「ぺ。ぺっひょ〜っ」

遊びに夢中になっていたせいで頷《うなず》きかけたが、慌ててブンブンと首を振るおもち。一応、私の言ってることの意味がわかっているのね。

「今日は、酒呑様はいないの？」

「馨は、バイトよ。あいつ、受験生になってもバイト続ける気なのね」

「ふーん。相変わらず働き者なのよ、あのお方は」

のんびりした木羅々からすれば、馨がなぜあれほど忙しく働くのかよくわからないみたいだけれど、前世でもせっせと働いていた彼を思い出し、納得しているようだ。

そして、紅茶を啜《すす》っている。これまたのんびりと。私もつられてお茶を啜る……

「茨姫様も、いよいよ受験生ですね。進路は定まりましたか？」

「うっ、ゲホゲホ」

タイミングの良すぎる質問に咽《むせ》てしまった。

「大丈夫ですか、茨姫様⁉」

「大丈夫、大丈夫。そうねえ。色々考えてはいるんだけど……」

自分のやりたいこと。叶えたい夢。

叶えたい、夢……か。

結局全てが、馨との結婚や、浅草にいるみんなの幸せ、あやかしたちに平穏な暮らしをしてもらいたい、などに繋《つな》がっていく。

「茨姫様？」

「あ、ううん。ごめんなさい」

「……？」

ミカと木羅々が顔を見合わせている。

せっかく仲間たちが浅草に揃ったのに、これ以上心配をかけてはいけない。

私はここでシフォンケーキを食べお茶を飲み、ミカや木羅々と一緒におしゃべりを楽しんでから、夕方前に薬局を出る。

ふと、葉桜になりつつある、隅田川《すみだがわ》沿いの隅田公園に立ち寄った。

「ぺひょ～、ぺひょ～」

おもちが、隅田川の手鞠河童《てまりかっぱ》たちと遊びたそうにしている。

周囲に人がいないことを確認し、私はおもちを地面に下ろした。

この辺の川岸は舗装されており、散歩コースにはうってつけ。

私は時間がある時は、いつもここからスカイツリーを眺めている。この界隈《かいわい》で、どんな建物より高い、近未来的な建造物を。

「茨木真紀」

後ろから、強い風が吹き付けた。

髪を乱しながら、私は、私の名を呼ぶ声のする方へと、顔を向ける。

そこにはいつの間にか、見覚えのある背の高い青年が立っていた。

長めのぼさぼさ髪に、首元が広く開いた薄手のセーター、黒縁のメガネをかけた青年。

「来栖……未来」

何度か会ったことがある。彼は、だって……

「ここに来れば、あなたがもう一度現れるんじゃないかって思ってたわ。前にあった時は、狩人《かりゅうど》だったなんて知らなかった。来栖未来。いえ……〝ライ〟と呼んだ方がいいのかしら」

私は目を細め、目の前の青年を警戒しつつ、そう語りかけた。

「僕は知っていた。君が、茨木真紀だということ」

「………」

「君が、茨木童子の生まれ変わりであることを」

淡々とした声音で告げ、来栖未来は、そのメガネを取った。

じっくりとその顔を拝むのは初めてだった。

ああ。目元なんて、馨そのもの……

だが、何の感情も感じさせない冷たい表情にゾッとしてしまう。

「僕を見て、真紀」

「な……っ、真紀だなんて呼ばないで！　あなたは私の仲間を傷つけた。馨を殺そうとした。あなたは、私たちの敵であった源頼光の生まれ変わりなのでしょう？」

感情的になりそうなところを抑え込み、探るように、試すように、私は問う。

どうしても、心の奥底にあるものが逆撫《さかな》でされる。

来栖未来は、酒呑童子を殺し、魂すら奪った男の生まれ変わり……っ。

「源頼光の生まれ変わり、か。どうやら、そうらしい。だから僕は生まれながらにして、多くのあやかしたちに呪われている」

「……呪い？」

予想外の答えに、来栖未来を今一度見た。そして、目をジワリと見開く。

来栖未来に絡み絡まった、数多くのあやかしの因縁を、目視したからだ。

「な……っ」

それは、黒い手とでもいえばいいのか。

今にも彼の肉体を食いちぎらんと、呪いが彼の体にまとわりついている。

そういえば、来栖未来の両足は、義足だった。彼は常に、あやかしの呪いによって命を狙われ、身体を痛めつけられていると言うのか。

私はゴクリと唾《つば》を飲み、ざわつく心を落ち着かせ、もう一つ尋ねた。

「あなたに……前世の記憶はあるの？」

来栖未来は、しばらく黙り込んでいたが、ふるふると首を振る。

「僕に、前世の記憶などない。源頼光なんて男は知らない。それなのに、ただ因縁だけを引き継いでいる」

そして、自らの手を見つめた。

「生まれた時から、あやかしに憎まれ、恨まれ、命を狙われていた。両親は、幼子の足に食いついた得体の知れないものに怯《おび》え、僕を……バルト・メローに売ったんだ」

彼は、静かに語る。自分のことを。

「バルト・メローは世界中から霊力の高い子どもを探し出し、両親から買い取ったり、攫《さら》ったりして集めていた。人ではないものと戦う力を叩《たた》き込んでいた」

「……それで、あなたは狩人になったの？」

「それ以外に、いったい何ができたと言うんだ。何も知らない幼い頃に、この世界に放り込まれたと言うのに。あやかしが僕を呪い殺そうとするなら、僕だって自分を守るために、あやかしを狩る」

「…………」

私や馨とは相容《あいい》れない狩人だが、そこに至った理由がある。

避けようも無いほど残酷な理由が。

「僕は、なぜ自分がこうまであやかしに嫌われ、呪われ、命を狙われ続けるのか、わからなかった。あやかしを葬り続けなければならないと、急《せ》くような使命感の原因も……自分が何者なのかも、わからなかった。最も欲しかった〝答え〟をくれたのは、バルト・メローに出入りしていたミクズ様だけだった」

そして来栖未来は、見つめ続けていた自分の掌《てのひら》を、ぐっと握る。

「僕は、千年前の退魔の名将、源頼光の生まれ変わり。それでいて、あやかしの王たる酒呑童子の魂の半分を、この身に宿している。要するに、僕は、僕だって……酒呑童子の生まれ変わりだ……っ」

叶先生から聞いていたその〝事実〟を、この男もまた、知っていた。

私は身構え、嫌な汗が頬を伝うのを感じながら、

「でも……っ、酒呑童子だった記憶も無いのでしょう」

だって、記憶は馨が受け継いでいる。

私の問いかけに、来栖未来は、コクンと頷いた。そして、

「それでも、誰かに、ずっと会いたいと焦がれる感情だけが、ここにあった」

彼は自分の胸元に、手を当てた。私を〝その目〟で、縋《すが》るように見つめながら。

「僕は、君にずっと会いたかったのだと思う」

「…………」

私はじわじわと目を見開き、そして、足元から上りくる焦りのような感情に、一度ぐっと、奥歯を噛《か》んだ。

「……っ、私に、何を望んでいるの」

私は目元にグッと力を込め、どこか恐れるように、来栖未来に問う。

彼は、一歩一歩、こちらに近づいた。

「僕も、僕だって、酒吞童子の生まれ変わりだ。僕らは、前世の夫婦だと聞いた」

私はその歩行の数だけ後ろに下がったが、それでも彼は確かな足取りで目の前までやってきて、告げる。

「僕は、君に認められたい。君に……愛されたい」

今まであれほど無表情だったというのに、その言葉だけは泣きそうな顔をして言うのだ。

それがまた、私の心を大きくざわつかせた。

馨と同じ顔で、なんてことを言うの。

だけど、その言葉に翻弄《ほんろう》されてはいけない。私は強く、首を振る。

「私の夫は、愛しているのは、天酒馨だけよ」

「……僕に記憶が無く、あの男にはあるから？」

来栖未来の声音に、僅《わず》かな冷たさが帯びる。

「違う！　ただ、私が愛しているのは、馨。酒呑童子の生まれ変わりだというのは、出会いのきっかけにすぎない。確かにシュウ様そのものを愛《いと》おしく感じる記憶はあるけれど、それだけじゃないわ。天酒馨という男の子に出会って、一緒に過ごしているうちに、今の彼を愛おしいと……っ、そばにい続けたいと思ったのよ。私は、もう一度、恋をしたの」

「……もう一度？」

眉間《みけん》にしわを寄せながら、来栖未来は俯《うつむ》いて、黙り込む。

「あなたはまだ、私を知らない。来栖未来は私を知らない。私たちはゼロなの。たとえ、酒呑童子と茨木童子の生まれ変わり同士であっても。だから……それは、無理よ」

私ははっきりと、そう伝えた。

来栖未来の、どこか私に救いを求めるような瞳《ひとみ》。

愛されたいと願うのは、辛《つら》くて、孤独だからだ。

自分の中にある、酒呑童子の感情に振り回され、前世の妻だと聞いた茨木童子の生まれ変わりである私に、無条件の愛を求める。

だけど、愛するというのは、そういうことでは無い。前世の関係に縋った、不健全なものであってはならない。

だから私も馨も、もう一度、恋をしたのだ。

「………………」

あれ。静かになったと思ったら、来栖未来がドバドバと涙を流して号泣している。

「ち、ちょっと、泣かないでよ」

まるで私がいじめたみたいだ。いや、確かにガンを飛ばしながら、はっきりと拒絶したけれど……っ！

彼は胸元を握りしめて、その場に崩れ落ちる。

「だけど、酒呑童子の抱いた気持ちは、確かにここにある……っ」

訴えるような口調で、告げた。

「僕らがゼロだと言うのなら、この感情はいったい何だ」

「それは」

「誰もが僕を嫌っている。誰もが、僕を殺そうとする。反発する二つの魂のせいで、僕の体はボロボロだ。君だけは、君だけは僕を救ってくれると……嫌わないでくれると、思っていたのに……っ」

前に、叶先生に言われた言葉を思い出す。

『ならば、もう一人は突き放すのか。例えばお前に、救いを求めたとしても』

叶先生は、わかっていたのかもしれない。来栖未来の中に、酒呑童子の魂があったならば、こうなってしまうことを。

けれども、彼を、愛してあげることはできない。できるはずもない。

「なんでよ……」

私は複雑な感情を抱いたまましゃがみ込み、苦しむ彼にハンカチを差し出した。

「もっと、敵らしくしてよ。あなたは源頼光の生まれ変わりなのでしょう」

私を憎み、殺そうとしてくれたならば、私だって強くあなたを憎み返した。千年前から抱き続けている敵への憎悪を、そのままぶつけることができたのに。

こんなにも、心が痛むことは無かったのに。

「僕は、君の敵じゃない」

「……え」

「お願い。僕とともに来て、真紀」

さっきまで泣き崩れていたのに、彼はハンカチを持つ私の手を、グッと掴《つか》んだ。

その力は、この私が振りほどけないほどに強くて。

「君は僕が守る。ここにいると危険だ」

「き、危険？　一番危険なのは、あなたと、あなたが仕えているミクズじゃない！」

マズいと思い、私は手に霊力を込め、本気の力で彼の腕を振りほどいた。

そのまま彼から離れ、敵として彼を睨《にら》みながら身構え直す。

あの〝ライ〟相手に、武器はない。私たちの深刻なやりとりを一つも知らず、手鞠河童《てまりかっぱ》たちと遊んでいるおもちもいる。

来栖未来は、ゆらりと立ち上がると、

「やっぱり、酒呑童子の生まれ変わりが、二人いるのがそもそもの間違いだ……」

感情の赴くまま、霊力をピリピリと波立たせている。

「僕はあいつを殺し、魂のもう半分を手に入れ、唯一の酒呑童子の生まれ変わりとなる。そうすれば源頼光が引きずった呪いも相殺されると、ミクズ様はおっしゃった。この身体の苦しみからも、焦がれる胸の痛みからも、解き放たれる……っ」

だがその言葉に、私もまた、自らの奥底にある闇を呼びおこさずにはいられなかった。

「何を……言っているの？」

戸惑うより先に、黒いものが、咲いてしまう。

「馨を殺すつもりなら、その前に、私が、お前を殺す」

私の殺気に気がついたのか、来栖未来はハッとしてこちらを見た。

思わず一歩後ずさったのは、きっと、恐怖を感じたから。

「許さない。戦い続ける。たとえ、お前が何者であろうとも……っ」

来栖未来は息を飲み、しばらく黙って、私を窺《うかが》っていた。

――今だ。

とにかく彼から逃げなければならないと分かっていた。背後を確認し、急いでおもちを拾うと、彼に背を向け一目散に走った。

だが、来栖未来はその俊足ですぐに追いつき、私の目の前に立ちはだかる。速い……っ。

「お願いだ。僕とともに来て、真紀」

私の名を呼び、その手を伸ばす。

逃げられないと思ったが、彼の手が私に触れる事は無かった。

「あやかしの血に濡《ぬ》れた手で、この方に触れるな」

背後から、その片腕を私の腰に回し、強く引き寄せ、刀の切っ先で来栖未来を牽制《けんせい》したのは、他でもない、茨木童子の元眷属《けんぞく》である銀髪の吸血鬼だった。

「凛音《りんね》⁉」

左右違う色の瞳が、来栖未来を睨みつけている。

「リン、そいつは狩人《かりゅうど》の〝ライ〟よ」

「わかっている」

凛音は私を離し、雑に自分の後ろに押しやると、もう一本の刀を鞘《さや》から抜いた。

「全く。酒呑童子の生まれ変わりが、二人、だって？」

私たちの話を聞いていたのか、彼もまた苛立《いらだ》ちを隠すことなく、ブツブツ何か言っている。

「一人いるだけでも虫酸《むしず》が走るというのに、もう一人いるなんて、ふざけるのも大概にしろと言いたい。殺したくなる……っ！」

凛音はその目をギラつかせ、二振りの刀を振るって来栖未来に斬りかかる。

来栖未来はその俊足で距離を保ちながら、自らもまた、腰に下げていた黒い筒のようなものを取り出した。一度振るうと、伸縮式の黒い呪杖《じゆじよう》となる。

来栖未来はその杖《つえ》で凛音の刀を受け止め、さっきまでのものとは少し違う冷酷な瞳で、凛音を睨んだ。

「汚らわしい吸血鬼め。お前も彼女の血を狙うハイエナだろう。あの、太陽を嫌う異国の吸血鬼たちのように！」

あやかしを殺す因縁を持っている。

そして、あやかしを殺すためだけの力を与えられた、男の子。

来栖未来は、その類《たぐ》い稀《まれ》な〝あやかし殺し〟の力で、凛音の刃を躱《かわ》して、自らも速さを伴った攻撃を仕掛ける。

だが、凛音もまた類い稀な剣の才能の持ち主だ。軌道を読み、攻撃を躱している。

霊力のぶつかり合う音と、鈍い金属音が重なった不協和音が、私の入る余地のない命のやりとりの中、響く。

だが突然、来栖未来が動きを止めた。

どこか遠くを見るように振り返り、そのまま走り去る。

凛音が追いかけようとしたが、

「凛音、追わないで！」

私がそれを制止した。彼は今、私の眷属ではないというのにこの言葉に従い、立ち止まる。そして、刀を鞘に納めながら、戻ってきた。

「リン、助かったわ。来てくれてありがとう」

こちらは感謝を述べたのだが、凛音はギロリと私を睨み、

「今回ばかりは隙だらけだったな。あの男が酒呑童子と同じものを持っているからか」

「そ、それは……」

「あの男に少しでも気を許すな、次に会ったら殺す気で戦え！　あいつは敵だ、前に水連を殺そうとしたんだ！　そもそも……あの、源頼光の生まれ変わりなんだぞ……っ」

強い口調で、私を叱る。私は思わず肩を上げ、顔を引きつらせた。

「わ、わかっている。わかっている、つもりだったの。……ごめんなさい」

私は額を押さえて、混乱する頭の中を整理しようと、深呼吸を一つした。

そうだ。あの男は源頼光の生まれ変わり。私が最も憎んだ人間の一人……

そんな私を見て、凛音は音の無いため息をついた。

「浅草の中とはいえ、あまり一人で歩き回らないほうがいい。敵は何も、ミクズだけじゃない。あなたを狙う者は多い」

「……ええ」

今日は、色んな人に、気をつけるよう注意された。

もはや、誰が敵で、何が私を狙っているのかも、よくわからない。

ただ、来栖未来が馨を憎み、殺そうとしている事だけが、私の中でサイレンを鳴らし続けていて……

来栖未来に掴まれた腕が、今もまだ少し震えている。

「リン、本当に、来てくれて助かったわ。お礼に血はいる？　今日も顔色が悪いわよ」

まあ、いつものことだけれど、凛音は貧血気味だ。

「……今日は結構だ。次に取っておこう」

だが、凛音は珍しくそれを断った。いつもは、私の血が欲しくて堪《たま》らないという様子なのに、今日の彼は少し不機嫌そう。

ただ、以前よりは確実に、私を認めてくれていることもわかる。

かつての主人である、茨姫であると……

「ねえ。リンは今どこに住んでるの？」

「あなたに教える義務はない」

「あの吸血鬼たちの元へ帰るの？」

「……そうだ、と言ったら？」

凛音は、試すような流し目で、私を一瞥《いちべつ》した。

「今回、あなたを助けたのは貸しだ。次に会った時、オレはあなたに、一つ頼みごとをするだろう」

「頼みごと？　いいわ、私にできる事なら何でもするわよ」

「……言ったな」

ニヤリ、と口角を上げる凛音。

「その言葉を、忘れるんじゃないぞ、茨姫」

そして、もうこちらを振り返ることもなく、彼は浅草の夕暮れに消えた。

《裏》馨、スイに写真を見せる。

俺の名前は、天酒馨。

新学期が始まって早々、放課後にレトロな純喫茶で、いけ好かないこの男とお茶をすることになろうとは。

「はあ～。まさか馨君と二人でお茶することになるなんて思わなかったよ。周りから変な目で見られてない？　俺たち」

「気にするな。いたって普通の男子高校生と、変なおじさんがお茶をしてるだけだ」

「それがマズいんだってば。それがマズいんだってば」

大切なことなのか、二度繰り返す、変なおじさん。

奴の名前は水連。千夜漢方薬局を営む水蛇《みずち》であり、真紀の眷属である。通称スイ。

「それにしても、バッハのコーヒーは本当に美味《おい》しい。馨君のおごりだし」

「高校生に奢《おご》らせるなんて、酷《ひど》い大人がいたもんだ」

「馨君が奢るって言ったんじゃないか。それに、俺には扶養が二人いるのでね」

「俺だって真紀を養っている」

そして、お互い苦労しますな、とでも言うようにコーヒーを啜《すす》る。

南千住《みなみせんじゅ》にほど近い、東浅草にある有名な自家焙煎珈琲《ばいせんコーヒー》の名店、カフェ・バッハ。

ここをスイとの密会の場所に選んだのは、真紀の行動範囲からはみ出ている場所であることと、できるだけ知り合いに会わないようにするためもあるが、ここのコーヒーがとてつもなく美味しいからである。

一杯一杯を、丁寧にフィルターで淹《い》れている様子が、ここからでも見える。

特に、店名のついたバッハ・ブレンドが、俺のお気に入りだ。クリアな味わいで酸味は少なめだが、風味が豊かでしっかりコクがある。

胡散臭《うさんくさ》い水蛇野郎もこのコーヒーには大層ご満悦で、しばらくその味に酔いしれていたが、コーヒーカップを皿に置くとさっそく片眼鏡を押し上げ、俺に尋ねた。

「で、珍しく俺をこんなところに呼び出して、いったい何の用だい？　まあ、おおよそ見当はつくけれど」

俺は俺で、用意していたあるものを、テーブルの上に置く。

「この写真を見てくれ」

その白黒写真は、先月、バルト・メローとの戦いの最中に手に入れたもの。

ミクズの部下である金華猫《きんかびょう》が、故意に落としていったものだった。

スイはこの写真を見て、ピクリと眉《まゆ》を動かす。

「なんと。お懐かしい……」

そして、憂いを込めた目をして、写真を撫《な》でる。

長い赤髪を三つ編みに結い、喪服のような黒い着物を纏《まと》い、顔に〝大魔縁《だいまえん》茨木童子〟と書かれた札を貼っている、その女の鬼の姿を。

「ここに写っているのは、茨姫だ。そうだろう」

「……ああ」

「真紀は以前、俺に嘘をついていた。茨姫は酒呑童子の敵討ちの最中に、髭切《ひげきり》で腕を切り落とされ死んだ、と。だが事実はそうではなかった。……あいつは明治《めいじ》の時代まで生きながらえていたんだ。悪妖と化して」

「ああ、その通りだとも」

間を置くこともなく、スイは頷《うなず》いた。

「だけどね、馨君。遅すぎるよ、聞きに来るのが」

「…………」

スイは薄ら笑いを浮かべながらも、俺に対する怒りのようなものを隠すことはない。

この男は今もなお、茨姫の辿《たど》った運命を悔い、俺を憎んでいる。

だが、その気持ちは、彼女の眷属であれば当然だと思っていた。

「わかっている。俺だって……本当はもっと早く、知るべきだったと思っているさ。真紀が知られたくなさそうだったから、あいつが俺に語るまで、聞かずにいようと思っていた。

だが……もう、そんなことを言っている場合ではないのかもしれない」

早く、真紀について知りたい。知らなければならない。

酒呑童子が死んだ後の、茨姫のことを。

「だからこうやってお前に聞いている。俺の知らない、茨姫について。……頼む、水連。

教えてくれ」

俺はスイに、深く頭を下げた。

今、茨姫について知るには、この男を頼るほかない。

スイはため息をついて、コーヒーをまた一口する。

「ま、いいよ。美味しいコーヒーに免じて君に教えてあげよう。俺だって、少し整理したいと思っていた。彼女の歴史は、とてもとても長いからね」

そしてスイは、写真に写る、黒い着物の女に再び視線を落とした。

顔に札を貼っているが、俺が一瞬で茨姫であるとわかった、その女の名は……

「この茨姫様は、あやかしの間では〝大魔縁茨木童子〟と呼ばれていた」

「……大魔縁？」

写真に落としていた視線を、僅《わず》かに上げる。

スイは変わらず、写真に写る彼女を見つめていた。

「悪妖《あくよう》の成れの果て、という意味を込めてね。誰もが、彼女をそう呼んだ。彼女は肉体の腐敗を止める札を顔に貼り付け、喪服のような黒い装束を身に纏い……酒呑童子様の形見である刀を、いつも携えていた」

俺は、再び写真に視線を落とす。

「……酒呑童子の刀。確かにこれは、俺の愛刀だった〝外道丸《げどうまる》〟だ」

酒呑童子という鬼は、大江山《おおえやま》に大規模な製鉄工房を構え、そこで様々な武器を作っていた。茨姫の滝夜叉姫《たきやしゃひめ》もそうだし、虎《とら》と熊《くま》の棘棍棒《とげこんぼう》や鉞《まさかり》もそう。

俺の愛刀もその一つで〝外道丸〟と名付けていた。酒呑童子の、幼い頃の愛称だ。

かつて、京都で見た酒呑童子の最後のヴィジョン……

茨姫は嘆きながら、確かに地面から酒呑童子の〝外道丸〟を引き抜いて、それを持って雪山に消えた。

「俺は、大江山の狭間《はざま》の国《くに》が崩壊した後のことを、何一つ知らない。茨姫が、酒呑童子の首を求めて、長い戦いに身を投じたと言うこと以外には、何も……」

俺は机の下で自らの拳《こぶし》を、ぐっと握りしめた。

「茨姫は、どこで、何をしていたんだ？」

少しの間、スイは黙ってコーヒーを啜っていたが、

「今、君の言った通り、彼女は酒呑童子様の首を捜していた。日本中、何処へだって行っ

たさ。かの王の首を手に入れた者は、世界の覇権を握る力を得ると言われていたから、多くの者たちがその行方を追っていた。大妖怪《ようかい》はもちろん、人間だってね。あの織田信長公《おだのぶなが》も、酒呑童子の首を捜して、大魔縁茨木童子様と戦ったことがある」

「え？　織田信長って、あの信長？」

「そうそう。あの信長」

「日本史で習う？」

「そうそう。まあ、あやかし界では第六天魔王《だいろくてんまおう》って呼ぶのが正しいんだろうけれど」

「……第六天魔王」

それは、陰陽局《おんみょうきょく》〈公式SSランク大妖怪に名を連ねる、人からあやかしの力と体を手に入れた男の名である。第六天魔王が織田信長だってことは知っていたが、まさか茨姫と関わりがあったなんて、思いもしなかった。

「他にも、ミクズサイドにいた金華猫や、名声で酒呑童子を超えようとしていた大嶽丸《おおたけまる》。江戸幕府が秘密裏に飼っていたがしゃどくろに、復活を試みた蘆屋道満《あしやどうまん》の悪霊。どいつもこいつも酒呑童子の首を捜していた。茨姫様が戦った大妖怪は数えきれない」

「ちょ、ちょちょ、ちょっと待ってくれ。頭が追いつかねえ」

名だたる大妖怪が、一気に出てきたたな。

茨姫は、たった一人でそんな奴らと戦い続けたって言うのか。

たった、一人で……

「おそらく、この写真は茨姫様が没する直前のものだ。彼女は、ここ浅草で死んだから」

「…………」

これが、死の直前の写真であると考えると、そこに写る彼女がまた少し違って見える。

俺は目元にぐっと力を込め、切ない感情を堪《こら》えきれぬまま、この写真を撫でた。

茨姫は、浅草で死んだ。

これもまた、俺の知らなかった事実だ。とてもとても重要な。

だが、少しだけ腑《ふ》に落ちた部分もある。

「俺はずっと、不思議だった。なぜ、浅草、だったのか」

酒呑童子が存命の間は、所縁《ゆかり》など皆無の土地。

「俺も真紀も、浅草に転生した。日本の中でも、わざわざこの浅草に、二人揃って。お前も、ここ浅草にいたしな」

「あはは。確かに偶然にしちゃあ、できすぎてるからねえ。だけど、そう。浅草とは、茨姫様と僕らが、最後に行き着いた地だったんだ」

スイが言うことには、明治初期は時代が劇的に変化し、現世《うつしよ》のあやかしたちは混乱を極めていたという。

陰陽寮《おんみょうりょう》もまた、新時代のあり方について、いくつかの派閥で内輪揉《も》めをしていた。この混乱を、酒呑童子の首のありかを知る最後のチャンスだと思った茨姫は、この地へとやってきた……

「何より、聞きたかったことがある」

今一度、俺は強くスイを見据えた。

「茨姫は、浅草で、どうやって死んだんだ」

俺が最も知りたいこと。

俺が、知らなければならないこと。

「……それは」

スイは僅かに目を伏せた。

この男にとって、それは最も思い出したくないことだろうから。

「最後の陰陽師と名高い土御門《つちみかど》晴雄《はるお》が、彼女を調伏した。浅草の〝狭間〟で」

「浅草の……狭間？」

確かに、浅草には古い狭間が数多くあるが、そのうちのどれか、と言うことだろうか。

だが、スイが言い澱《よど》んでいたことは、そのことではなくて、

「俺の勘違いでなければあの男は、安倍晴明だ」

「なに……？」

思わず、目を見開く。遠い記憶の向こうでチラついたのは、顔を扇子で隠し、鋭い目だ

けでこちらを見ていた、狩衣《かりぎぬ》姿の、金髪の陰陽師。

「晴明は泰山府君祭《たいざんふくんさい》と言う禁術を用いて、あの時代にも転生し〝土御門晴雄〟として大魔縁茨木童子を調伏したんだ」

安倍晴明。

土御門晴雄。

そして、現代では叶冬夜という、男。

スイの言うことが正しければ、あの男は何度も転生を繰り返し、俺と真紀の運命に関わっているということになる。

いったいなぜ？

あいつの目的が、茨木童子の討伐にあったのなら、もう目的は果たされているはず。

なのになぜ、今世もあいつは俺たちの前に現れた？

俺たちを、監視しているのか？

「理由は、俺にもさっぱりわからない。だが、ミクズといい安倍晴明といい、千年前から、何か目的があって動いているように、俺は思えるんだよね」

「ああ。お前の言うとおりかもしれない。あいつらには、俺たちも知らない目的がある」

それを、本人に聞いたところで、教えてはくれないだろうが……

ただ、一つだけわかった。

晴明が俺たちの前に現れた時の、真紀の驚きよう。焦りよう。

俺の知らない、二人の間にあった空気。

それは多分、ここ浅草で、お互いの命を賭《か》けた戦いをしたからこそ、醸し出されたものだったのだ。

それを知らずに、俺は真紀に、妙な疑念を抱いた。

あいつの中にあった憎しみの炎の意味を、何一つ知らずに。

「まあ、確かに晴明やミクズも気になるけれど、ミクズのことはこちらも警戒しているし、晴明の元には鵺《ぬえ》様もいる。最も心配なのは、かつての因縁《いんねん》、怨恨《えんこん》が、今の真紀ちゃんに降りかからないかということだ」

「……ミクズや晴明だけじゃなく、他の大妖怪たちも動き出すって言うのか」

「それはわからない。だが、警戒しておかなければ。警戒したところで、情報がなければなんの対策もできないだろうがね。そう……情報がないと言うことが、何より厄介だ」

確かに、それもまたスイの言う通りだ。

「俺は、絶対に真紀を守る。だが……」

そもそも、茨姫が悪妖となり、敵討ちや、酒呑童子の首を追い求めた原因は、俺にある。

彼女が今もなおその因果の最中にいると言うのなら、俺は彼女に絡みついたものを、一つ一つ、解《ほど》いてやりたい。

しかし、その方法がわからない。向かいくる脅威を直前で防ぐ以外に、何かやりようは無いのか。俺は俺自身の〝嘘〟ですら、知らないと言うのに。

思わず「ハッ」と、無力な自分に笑ってしまった。

「夫婦って、お互いの一番の理解者であるはずなのに、俺が一番、真紀のことを知らない。それが時々、情けなくなる。……俺は、酒呑童子、か。確かにそうであるはずなのに、ふと疑問に思うこともある。果たして俺は、死してまで数多くのあやかしに追われる程、たいそうな存在だったんだろうかって。茨姫の方が、よほど大妖怪の名にふさわしい」

「ははは、なにそれ～」

スイは膝《ひざ》を叩《たた》いて笑ってみせる。

「そんな弱気なこと言わないでよ、馨君。俺がこんなこと言うのもなんだけど、君は君のまま、真紀ちゃんの側に居続ければいい。自分を見失ったり、彼女を手放してはならないよ。そんなことは、俺が許さない」

「……スイ、お前」

「君は酒呑童子様だ。憎らしいほどに、茨姫様が愛した男。……あやかしの王」

そう言いながらも、スイは俺に、いつもより頼もしい笑みを向けた。

「茨姫様だけでなく、そのことを証明できるのは、俺だったり虎君や熊ちゃんだったり、ミカ君も木羅々ちゃんもいる。リン君だけはいまだ君を認めていないかもしれないけれど、要するに、味方は大勢いる。ここ浅草に揃っている。そのことを忘れないでくれ」

水蛇《みずち》野郎にしては、いいことを言う。

この男は、かつて茨姫の命を狙った信用ならないあやかしだったが、今となっては、茨姫の長男眷属《けんぞく》として、彼女のことを誰より想っている。

茨姫だけでなく、彼女を取り巻く環境、人物、そういったものを広く捉《とら》えて、茨姫が幸せになるために、多くのものを守ろうとしている。きっと、俺のことも。

だからこそ、時々ムカつくことはあっても俺はこいつを信用していて、こうやって話を聞きにきたのだった。要するに、頼りにしているのだ。

「そうそう。リン君の名前が出たから、この際言っときたいんだけど……」

「凛音？」

スイにとっては弟眷属に当たる、凛音。

奴の名を出し、スイはしかめっ面になって腕を組み、低く唸《うな》った。

「あの子のことだけは、少し心配だ」

「凛音が、どうかしたのか」

「昔から、茨姫様のことになると無茶をしがちだ。危険な場所に平気で飛び込む」

スイはフッと、どこか切なげに苦笑する。そして、

「あの子だけは、ガチだからね。ま、酒呑童子様が知らないとは思ってないから言うけど」

「……ガチ、か。ああ、わかっているさ」

あの男の抱くものを、知らなかった、とは言わない。

確かにあいつは、あいつだけは、他の茨姫の眷属たちと少し違った。

かと言って、自分の想いを押し付けることも、見返りを求めることもしなかったが……

「身の程を知っているエリート眷属な俺と、お子ちゃまなミカ君、母親のような愛情を注ぐ木羅々ちゃんと違って、彼だけは、ね。故に茨姫様の言うことはあんまり聞かないけれど、常に彼女のことを想って行動している。嫌われるようなことをして、汚いことに手を染め、苦しいことを率先してやる。だがそれを、彼女に知ってもらおうとはしない。千年前から、今もなお。かわいそうに、その想いは決して、報われないのに」

「………………」

「だからこそ、心配だ。今、あの子が何を考え、何をしているのかがわからない。身を滅ぼすようなことをしなければいいが……」

「意外だな。お前たちは、それほど気があう仲だとは思っていなかったが」

「はは。あれでも弟眷属だしね。確かに出会った時から憎たらしいガキではあったけれど。気がつけば銀髪美形に成長してるし」

「……確かに。最初はチビっ子だと思ってたんだがなあ」

千年前、凛音だけは、茨姫より年下の眷属であった。

日本古来の吸血鬼の、最後の生き残りで、何者をも信じられないと言うような、淀《よど》んだ瞳《ひとみ》をした小僧だった。大江山に迎えられても、しばらく馴染《なじ》まなかったなあ。

「それに、リン君に何かあったら真紀ちゃんが悲しむでしょう？　俺が思うに、せめて君ら夫婦が生きている間だけは、俺たち眷属も生きてなきゃいけないわけよ」

「本当に……徹底してるな、お前は」

「言ったでしょ、俺はエリート眷属だって」

スイは軽い口調でそう言うが、真紀の幸せを心から願っていることはわかる。

彼女の命を守ることと同じくらい、彼女を悲しませたり、大切に思う者を失わせてはならない、と。

この男は、適当に見えてそう言うところが徹底している。自称エリート眷属らしいが、確かに眷属としての揺らぎない信念がある。

「なるほど。お前の考えはわかった。俺も、凛音のことは気にかけておく」

だから俺も、奴の心配を、素直に受け取った。

凛音には、俺も、大事なことを教えられたことがあるから。

スイと別れ、近くのコンビニでバイトした後、家に何を買っていこうかと悩んでいた。

「セキネのシュウマイ……？　いや、虎軒《タイガーケン》のバナナ餃子《ギョーザ》にしよう。前に真紀が食べたいってつぶやいてた気がする」

今日は、真紀に内緒でスイから昔の話を聞いた。大魔縁茨木童子について。

何となく罪悪感があり、雷門《かみなりもん》通りにある虎軒浅草と言う餃子の人気店で、名物のバナナ餃子を二人前テイクアウトした。形がバナナに似ていて一つがとても大きいのだが、真紀は最近まで、本当にバナナが入ってると思い込んでいたっけ。

早く帰ろうと商店街を歩いていた、その時だ。

「お。電話」

スマホが鳴っていることに気がつき、カバンから取り出す。あれ、着信が何件も？

「親父……？」

驚いたことに、それは遠くで暮らしている親父からの電話だった。

「馨、元気にしているか」

慌てて電話に出ると、聞き慣れた親父の声がした。

「いや、元気は元気だけど……いったい何事だ？　何度も電話をかけてきたようだったが」

「それがだな、お前、母さんの方のお祖父《じい》さんを覚えているか？」

「……祖父さん？」

親父の言うことには、どうやら母方の祖父が病で亡くなったらしく、その件であちらの親戚《しんせき》から連絡があったとのことだ。

葬式はすでに終わっているらしいが、四十九日法要がゴールデンウィークに重なっているらしく、俺に来てくれないかと、親権を持つ親父経由で頼んできたとのことだった。

「そう言うことか。祖父さん、亡くなっちまったのか……」

母方の実家は、九州地方の大分県の、超がつくほど田舎の山奥にある。

小学生の頃までは何度かあちらに赴いたこともあったが、それっきりとなっていた。

祖父さんは読書家で無口な人だったが、俺が遊びに行くと、ジュースと饅頭《まんじゅう》と、小遣いをくれたっけ。時々、孫たちとトランプをして遊んでくれた。

死を知らされ衝撃はあったけれど、疎遠であったこともあり、悲しいという感情は虚《むな》しいほどに出てこない。ごめん、祖父さん……

「お前は受験生だし、先方も無理しなくていいと言っていた。ただ、お祖父さんは亡くなる間際に、お前に会いたいとも言ったそうだ。初孫だったからな。お前に行く気があるのなら、俺は別に構わないと思っている。母さんに会うことも……」

「…………」

そうか。あちらに行くと言うことは、母さんと会うと言うことでもある。

この一年、会うことも連絡を取ることもしなかった、あの人に。

「わかった。考えてみるよ。だが……」

真紀を、浅草に置いて行くのは心配だ。

ここ最近、真紀を取り巻く環境は物騒で、眷属たちがいるとはいえ、やっぱり……

俺が言い澱《よど》んでいたからか、親父が何か察して、

「まあ、九州に行くことなどそうそう無いから、せっかくなら茨木さんも連れて行くといい。田舎はいいぞ。旅費も俺が出そう」

「へ？」

この親父、とんでもない提案をしてきやがったぞ。

「ま……っ、真紀は部外者だぞ、田舎の法事なんて嫌がるに決まってる。つーかなんでそんな、ノリのいい提案……あんた、そんな奴だったか？」

意外すぎてこっちが戸惑っていると、親父は絶妙に爽《さわ》やかな感じでハハハと笑って、

「そりゃあ、馨が世話になっているからな。息子の未来のお嫁さんは、大事にしないと」

「……は⁇」

親父に何があったんだろう……

だが、確かに悪い提案ではないかもしれないと思い始める。

俺は真紀が喜びそうな、あることを思い出したのだ。そういえば、あちらの田舎には、こちらでは滅多に食べられない特殊な食べ物がある……と。

「うん、そうだな。やっぱり真紀も連れて行く」

「ふふ、わかった」

「なに笑ってやがる、親父」

「いや……お前は、俺と母さんから生まれたにしては、一途《いちず》に彼女想いだなと思って」

「な……っ、まだ彼女じゃー」

いや、もう彼女でした。歴《れっき》とした彼女でした。

俺はゴホンと咳払《せきばら》いし、言葉を濁してごまかしつつ、

「この件はもういいから。ちゃんとあっちの家にも伝えといてくれよな」

「ああ、わかっている。茨木さんに居心地の悪い思いはさせたくないからな」

「……そう言う親父は、ちゃんと元気にしているのかよ」

「俺か？　俺は、まあ、ぼちぼちだ」

「再婚とか考えてるんなら、俺に遠慮しなくていいからな」

「……全く、お前も相変わらずだな」

親父がまた、電話越しにくすくす笑う。

前まで、親父とこんな話をすることもなかった。

離れてから、だな。時々親父から現状確認の電話がくるようになり、お互いに余裕が出たのか、それなりに親子らしい会話をするようになった……気がする。

「じゃあな、馨」

「ああ。親父も」

ただ、母さんがあれからどうなったのかを、俺は全く知らない。

親権は親父が持っているからと言うのもあるだろうが、俺と一切関わろうとしないから。

先ほどまで親父と話していたスマホを握りしめたまま、すぐそばにあったカフェの、窓ガラスに映る自分の顔を、見つめる。

「……あの人は、俺の〝目〟が、嫌いだったな」

この目。あやかしすら見てしまう、悟ったようなこの目が、母さんは嫌いだった。

いつからだったか。何がそんなに苛立《いらだ》たせてしまったのか。

ことあるごとに「あんたの目が嫌だ」と怒鳴って「こっちを見るな」と喚《わめ》いていた。

「あの人はまだ、俺を、嫌っているだろうか」

次の法事で、会うことになる。それはきっと、お互いに避けられない。

俺は母親と、どう向き合えばいいだろう。

第二話　御伽噺の隠れ里（一）

「え。お母さんの実家の法事について来てほしい？」

　それは夕飯時のこと。

　皮が厚めでもちもちした大きなバナナ餃子を大口開けて頬張っていたら、馨《かおる》がこんな頼みごとをしてきた。

「馨のお母さんって、確か九州の……大分の出身だっけ？」

「ああ。ここからだとかなり遠いから無理にとは言わないが。ゴールデンウィークの間は、ずっとあっちに居ることになるだろうからな」

「て言うか私みたいな部外者が、法事に行ってもいいの？　馨の死んだお祖父さんに会ったことすらないけど」

「親父がそうしたらいいって言い出したんだ。旅費は親父が出してくれるとさ」

「…………」

　餃子をもう一つ頬張ってから、ぐっと眉間《みけん》に力を入れて、少しばかり考えこむ。

　正直なことを言うと、馨が心配だ。

「わかった。よし。私も行くわ」

「え？　いいのか⁉」

「あんたが言い出したのに、そんなに意外そうな顔しないでよ」

馨は食事の手を止め、どこか心配そうに私のことをうかがっている。

「だって、普通は嫌じゃないか？　田舎の法事は都会のあっさりした法事とは違う。大勢のご近所さんや親戚が集まるし、そもそもお前、人見知り激しいじゃないか。緊張するだろうし、何かといじられるかも」

馨の指摘はごもっともだ。私はあやかしに対しては馴《な》れ馴れしく横暴だが、これが人間相手となると、借りてきた猫のように大人しくなる。

「そりゃあ確かに緊張もするけど……あんたがそんなこと言い出すってことは、一人で田舎に帰るの、心細いってことでしょうからね」

「ち、ちが！　ゴールデンウィークに俺が居ないと、お前が寂しいかもと思ってー」

ダン、と麦茶のコップを机に置いて、謎に恥ずかしがっている馨。

一方、おもちがさっきから、プチトマトをフォークで刺そうと苦戦している。コロンとお皿から飛び出てしまったので、私がそれを拾っておもちの口に持っていってあげる。

おもちがそれを啄《ついば》む度に、飛び散るトマト汁。

「浅草《あさくさ》にはスイやミカや木羅々《きらら》がいるし、熊《くま》ちゃんや虎《とら》ちゃんもいるし、私は別に寂しくないわよ？　おもちもいるしね〜」

「ぺひょ〜」

「ふん。なら、眷属《けんぞく》たちと浅草で待っててもいいぞ」

そして、味噌汁《みそしる》をすすりながら、ふてくされちゃった馨。

「あはは、拗《す》ねないで馨。行くって言ったでしょう？　お金のない学生の私たちが、馨のお父さんのお金で九州旅行できるんだから、願っても無いわよ。大分って言ったら、あんたが小学生の頃にお土産でよくくれた、かぼすのゴーフレットのイメージしか無いけど」

「……ああ、あれよく買ってたな。大分はかぼすの生産日本一だからなー」

なんて、話が脱線しそうになったので、馨がゴホンと咳払いをして、

「大分は、何といっても日本一の源泉数を誇る温泉県だ。別府《べっぷ》温泉、由布院《ゆふいん》温泉くらいは、お前でも聞いたことあるだろう」

「うん、うん。聞いたことある」

「だが俺の田舎は温泉郷でもなんでもない。山と川と田んぼ、そして山だ」

「わーい。自然がいっぱい」

私は明るく返事をした。しかし内心、不安に思うことがある。

きっと馨は、次の法事で、自分の母親と一年ぶりの再会を果たすだろう。

一年前の両親の離婚騒動から、父親とはマメに連絡を取ってそうだったが、母親との関

わりについて馨が私に何か話すことはない。というより、ほとんど関わりが無いのだろう。

なぜ今になって、馨を法事に呼んだのかはわからない。

平気そうにしているが、馨の家族への感情、特に母親への感情は、とても複雑なものだ。

酒呑童子《しゅてんどうじ》……そして馨にとって〝母親〟という存在は、あまりに大きい。

かの鬼も、母の愛を貰《もら》えずに育った、嫌われ者の鬼だった。

今世でも母に嫌われ、家族関係が破綻《はたん》したことを、馨は自分のせいだと思っている。

自分の存在が、そうさせたのだ、と。

でも、家族は、家族だ。一度離れ、それぞれが自分を見つめ直す時間があった。今になってやっと語り合えることもあるんじゃないだろうか。

特に、今の馨にとって、酒呑童子というもの以外の、繫《つな》がりや絆《きずな》は大切だ。

私も彼についていき、馨を形作るパズルのピースのようなものを、一つも見逃すことなく拾い上げ、馨と共に向き合いたいと思うのだ。

かつて私は、壊れゆくあの家族を、見ていることしかできなかったから。


今年のゴールデンウィークは、学校の創立記念日や振替休日やが組み合わさり、我が校は9連休だったりする。

連休の初日から、私たちは大分に向かって旅立った。

おもちを連れて行くか行かないかで迷ったが、〝ペン雛《ひな》のぬいぐるみ〟らしく化けたらいいんじゃないと由理《ゆり》が言うので、その術の特訓をした。何とかゴールデンウィークに間に合ったので、おもちも連れて行くことにした次第だ。

いざ、東京・浅草から九州・大分へ。

浅草の良いところは、都営地下鉄浅草線の羽田《はねだ》空港行きに乗れば、乗り換えいらずで羽田空港に着くところだ。

私はほとんど空港を利用することが無いため、巨大な羽田空港のターミナルではオロオロとしてばかり。頼りになる旦那《だんな》様に引っ張られて搭乗手続きを済ませ、荷物を預ける。

「ねえ、おもちって何？　ペット？　ペットとして預けないとダメ⁉」

「いや、こいつはぬいぐるみだ。おもち、いいか、大人しくしているんだぞ。お前はぬいぐるみに化けるコツを由理に教わって、極めたはずだ。必ずできる……っ」

「ぺひょ～」

おもちはのほほんとした顔を馨のリュックから覗《のぞ》かせ、返事をした。

おもちはあやかしだけれど、ペン雛に化けていると普段から当たり前のように〝見えている〟からね。ツキツグミの時は〝見えない〟のに不思議。

そしておもちは、カバンの中でプルプル力んでいたかと思うと、いつもとそう変わらない気もするが縫い目のあるモコモコペン雛のぬいぐるみに化けてみせる。

「あら可愛い～、水族館のお土産にありそう」

「問題は、手荷物検査だな」

おもちはカバンに入れたまま機内に持ち込むつもりでいたが、ぬいぐるみ姿だったので、手荷物検査にも引っかからなかった。凄《すご》い。

安心して空港内の売店で空弁を買い、いよいよ機内へ。

飛行機は小学生の頃に、両親と北海道旅行に行って以来だ。

「あ、ああ、めっちゃ揺れてる、めっちゃ揺れてるわ馨！　ガタガタいってる！」

「お、落ち着けって。離陸時と雲に入った時は揺れるもんだから。落ちたりしねーから」

「落ちるだなんて縁起でもないこと言わないで。あれ、なんか耳が痛い……っ」

「気圧のせいだ、唾《つば》を飲み込め。もしくはあくびをするんだ」

久々の飛行機に二人してびびったり焦ったり、かなり慌ただしい私と馨。

気がつけば汗ばんだ手を握り合っている。あ、元大妖怪《ようかい》の夫婦です。

雲の上まで出てしまうと揺れは安定して、窓の外には真っ青な空が広がっていた。

「う、うわあああああ～」

子供のように窓にへばりつき、あまり見ることのできない空の上の景色に目を輝かせた。

真下に雲が広がっている。

小さな頃は、あの雲に触れ、その上を歩きたいと思ったものだ。

「って、もう空弁広げてやがる」

「だって、お腹すいちゃったんだもの。朝ごはん、早くに食べて家を出たし」

今回買った空弁は〝若廣《わかひろ》「焼き鯖《さば》すし」〟に〝天《あま》のや「玉子サンド」〟。どちらも空弁として人気の高い商品だ。

「そうそう、テレビで見た時からずーっと食べてみたかったの、この焼き鯖すし」

「大葉とガリが挟まってる。絶対うまい」

空弁として不動の人気を誇っているという、若廣の焼き鯖すし。

切り分けた状態でラップに包まれ、箱に入っている。脂ののった焼き鯖がめちゃくちゃ肉厚で、こってりしそうなところを鯖と酢飯の間に挟まったガリと大葉が爽《さわ》やかなアクセントとして効いている。いやはや、とても美味《おい》しい。酢飯もふっくら、いい感じ。

「だけど難点は、手が鯖の脂臭くなるところね」

「鯖の脂って、なんでこんなに残るんだろうな……」

でも大丈夫。ウェットティッシュ付きだから。

おもちが足元に置いているカバンの隙間から、じーっとこっちを見ている。なので私は、カバンから何かを取り出す振りをしつつ、おもちに玉子サンドを手渡した。

この、天のやの玉子サンド、齧《かじ》るとジュワッと出汁《だし》が滲《にじ》み出る。マヨネーズと和からしがピリッと効いていて、しっかりご飯になる味だ。おもちも気に入ったのか、カバンの中からこそこそ手を伸ばすので、周囲を気にしつつもう一つ渡した。

美味しいものを食べたら眠くなる。

これはもう、どうしようもない人間の性《さが》である。

せっかく飛行機では音楽を聞いたり映画を見たりできるのに、私は馨の肩を枕にぐーぐー寝てしまい、気がつけば福岡《ふくおか》空港についていた。

馨の祖父母の家は、大分空港から行くより福岡空港から行くほうが近いらしい。

「おおお。九州初上陸！　豚骨ラーメンの香りがしてくるようなしてこないような」

「福岡に滞在する時間はないから、豚骨ラーメンはお預けだな。まあ、帰りにちょっと時間があったら、どこかで食べてもいいけど。あと、お前、髪がぐしゃぐしゃ」

「ええっ」

馨の親戚《しんせき》に会うということで、髪を綺麗《きれい》に整えていたのに、寝ている間に乱れてしまった。やばいやばいと思って、化粧室で見栄えを整え直す。

「……よしっ」

私は気合を入れ直した。

馨の親戚にお世話になるのだ。粗相のないように、気に入ってもらえるように、食べ過ぎて引かれないように、しなければ……っ。

博多《はかた》駅から特急に乗って、指定席で優雅に大分に入り、気がつけば山の中。

東京の浅草育ちの私からしたら、九州というだけでかなり遠くへ来た感じがあるが、大分の山奥となると余計に未知の世界で……

「この景色を見たらわかるだろうが、母さんの実家は、山奥のど田舎だ。自然が豊かと言えば聞こえもいいが、都会育ちの俺たちからしたら、そりゃあ不便な場所だぞ」

「いいじゃない。遠くに山が連なっている景色って東京じゃなかなか拝めないし、たまには自然を眺めてのんびりするのも」

「のんびり、か。できるかなあ」

何となく、表情に緊張が見え隠れする馨。目の下のクマも気になる。

「あんた、最近寝つきが悪いでしょ。飛行機の中でも起きてたみたいだいし。……お母さんと会うの、不安なの？」

馨は頬杖《ほおづえ》ついてしばらく黙っていたが、フッと苦笑い。

「……流石に、真紀《まき》さんはお見通しか」

この男は意外と繊細で、不安があると寝つけなくなる。それはもう昔から。

「馨、こっち向いて」

「ん？」

私は強張《こわば》った馨の頬を両側からビーッと引っ張って、

「あだだだ、な、なんだ⁉」

「大丈夫よ。あんたには私がついてるわ」

彼の目を見つめて断言する。

「きっとあちらのおうちも、お母さんも、あんたを快く受け入れてくれる」

「……真紀」

ニーッと大きな笑顔を作り、そっと馨の頬から手を離した。

今回くらい、馨にとって頼り甲斐《がい》のある相棒、そして妻でありたいわ。

「あ、そうだ。今夜はおもちを抱っこして寝るといいんじゃない？　ぬいぐるみを抱きしめて眠る男子高校生ってちょっとアレだけど、安眠できるわよ」

膝《ひざ》の上に出てきているおもちが、小さく「ぺひょっ」とお返事。

馨はぷっと吹き出し、少し緊張もほぐれた様子で「それがいいかもな」と呟《つぶや》いた。

しばらく特急列車で静かな時間を過ごしたが、途中、一両しかないような驚くべき鈍行列車に乗り換えて、またゆらゆら、ゆらゆら、五月の緑が美しい山の中を進む。

そして、大分中西部の山中に存在する、小さな小さな駅で下車。

そこは天日羽《あまひば》町。

全域が山地であり、切り株のように天辺《てっぺん》が平べったい台地に囲まれた、盆地の町である。

駅には「御伽噺《おとぎばなし》の隠れ里・天日羽」とあり、誰もが知る桃太郎《ももたろう》や金太郎《きんたろう》、鬼や河童《かっぱ》など童話のモチーフが描かれた看板が立っていた。

駅から出ると、もうすぐそこに、見渡す限りの田園風景が。

「うわああ……あっちもこっちもずーっと田んぼ」

まだ田植えをしたばかりであろう、均等に並ぶ青い苗。

張った水には、田畑と町をぐるんと囲んだ壁のような山々と青い空が映り込んでいて、こんな景色は東京では見られないと感動すら覚える。

道路は綺麗に舗装されているが、車の通りはちらほら。

いかにものどかな、田舎の昼下がり。

「あ……鯉のぼり」

そしてもう一つ目立っていたのが、民家に立つ大きな鯉のぼりである。

「そういえば、こどもの日……端午の節句が近いわね」

「この辺は田舎だからか、でかい鯉のぼりを立てられるんだよな。俺が生まれた時も、すげーでかい鯉のぼりを祖父《じい》さんが買って立ててくれたっけ。俺、死んだ祖父さんにとっちゃ初孫だったからなあ」

私は鯉のぼりを見上げる馨の横顔を、チラリと見る。

そういうことを、ちゃんと覚えているんだな、馨は。

電柱に邪魔されることもなく、田舎の風景を背に、力強く泳ぐ鯉のぼり。

カラカラ……カラカラ……

回る矢車に、色とりどりの吹き流し、お父さん鯉のぼりの黒、お母さん鯉のぼりの赤、子ども鯉のぼりの青。誰もいない。静か。

「ぺひょ？　ぺひょ～？」

「あ、我が家の男児が起きたわ」

寝ていたおもちが起きて、カバンから顔を出した。

スンスンと鼻を鳴らし、見慣れない景色と、知らない風の匂いに首を傾げては、小刻みに震えている。

「おもち、大丈夫？　ここはおもちにとって、今まで見たことの無いような場所だ。あとでオレンジジュースあげるからね」

「ぺ、ぺひょ……」

知らない土地におっかなびっくりのおもち。

だけど空を泳ぐ鯉のぼりは好きみたいで、カバンから目だけを覗かせ、空を泳ぐ鯉のぼりを見上げていた。

駅から徒歩で行ける距離に、馨の祖父母の家はあるという。

と言っても、お祖母《ばあ》さんは馨が生まれた時にはすでに故人であり、お祖父さんも先月亡くなった。

　今は、馨の叔父《おじ》さんが家を管理しつつ、馨の母である雅子《まさこ》さんだけが住んでいる。

「おばさん、今はこっちで何をしているのかしら」

「母さんは確か、老人ホームで介護補助の仕事をしていると聞いたな。あんまり、あの人が働いているのはイメージが出来ないが、やっていけてるんだろうか……」

　馨はそっけない口調だが、自分の母親の近況が気にならない訳では無いらしい。

　瓦《かわら》屋根の古い民家が建ち並ぶ、静かな通りを進む。

　古い売店や、営まれているのかよくわからない雑貨店、木材が積み上がった小さな工場などがポツポツと存在する通りだが、昼間でもしんと静まり返っており、進めど進めど人に出会うことがない。

　なぜか、道の所々に、くびれの無い丸いフォルムの変わった地蔵があった。

「……？」

　よくよく見ると、天辺に顔が描かれていて、笑顔だったり、泣き顔だったり、怒り顔だったり。どれもこれも空を仰いで、手を合わせている。それでいて、目元に涙のような筋があって、不気味だ。

　気になったけれど、特に質問することもなく、馨について行く。

　ああ、緊張してきた。馨の将来の妻とは言え、今はただのガールフレンド。

しかも馨の母方のお家・朝倉《あさくら》家は、長い塀に囲まれた古い日本家屋で……

「ね、ねえ。なんかすんごい大きいわよ。あんたのお祖父さんのお家」

「朝倉の家は、昔この辺の地主だったみたいだからな」

「聞いてないわよそんなこと！」

「言ってないからな」

馨は至ってクールだ。

家の門の前には忌中札が貼られており、近所の人が出入りしている。

馨と一緒に門の中に入ると、知らない人々の視線がこちらに向いた。

若い人たち珍しいわね……誰の親戚かしら……ほら雅《まさ》ちゃんとこの……

囁《ささや》き声が聞こえてくる。

私たちは軽く頭を下げながらその場を通り過ぎた。

「四十九日法要の前日なのに、結構人が出入りしているのね」

「準備の手伝いをしに来たんだろう。ここら辺じゃ、葬儀や法事も家でするし、そのための部屋もあるくらいだから」

「えっ、家でやるの⁉」

都会と田舎では、葬儀や法事の行い方が違うと聞いていたが……

ふと、自分の両親の葬式や、法事を思い出す。

私の両親の時はホールを借りて、親戚と知り合いだけでこぢんまりと行ったな。

玄関からは入らず裏手に回ると、そこには畑があり、更に向こうの田園地帯に出る坂道が敷地内から延びているようだった。

お隣さんも、そのお隣さんも、農業を生業にしている家ばかりなので、似たような造りだ。玄関は通りに面しているが、裏口は田んぼに出られるようになっている、という感じ。

眼鏡で細身の中年男性が、裏口の脇に置いてある椅子に座り、缶コーヒーを飲んでいた。

「あれ、もしかして馨君⁉」

馨に気がつくと、笑顔になって立ち上がる。

「こんにちは、秋嗣《あきつぐ》さん」

「よく来てくれたね、馨君。うわあ、背伸びたね〜。前々からイケメンになると思ってたけど、ますますイケメンだ。うちの娘たちが騒ぎそう……。こんな田舎じゃ、凄《すご》く注目されたんじゃない？」

「いや、駅からずっと、誰にも会わなかったんで。あ、玄関では少しすれ違ったんですけど。あはは」

馨は愛想笑い。流石に、滅多に会わない親戚の前では、馨もこうなるのか。

秋嗣さんという馨の母方の叔父さんが、馨越しに小さくなっていた私に気がついた。

「そっちが、噂の彼女さん？」

「こ、こんにちはっ。茨木《いばらき》真紀と言います」

私は勢いよく頭を下げた。馨の親戚《しんせき》に失礼があってはいけない……っ。

「こんにちは。僕は朝倉秋嗣と言います。馨君の叔父です。崇《たかし》さんから聞いていたけれど、美男美女カップルだよね。都会の香りもする～」

横並ぶ私たちを物珍しげに眺める秋嗣さん。ちなみに崇さんとは馨の父のこと。

「きっとお祖父さんもお会いできて喜ぶと思うよ。馨君がお嫁さんを連れて戻って来てくれた、って。こんな遠くまで、若いご夫婦で来てくださってありがとうございます」

「い、いいえ。とんでもないですっ！」

「ていうかまだ夫婦じゃないですから、俺たち……」

そして、三人揃ってまた頭を下げる。

部外者の私は緊張していたのだが、馨をここへ呼んだ叔父の秋嗣さんが気さくそうで、ちょっとホッとした。

「じゃあ、まずはここから入って奥の客室に荷物を置くといいよ。馨君は、場所わかるよね。法要は明日だけど、今日もちらほら出入りがあると思う。あまり気にしないでね」

「わかりました」

馨と私は裏口で靴を脱ぎ、中へと入る。

いかにも昭和の台所というような、タイル模様のゴムっぽい床。

年季の入った食器棚やテーブルがあって、そこから縁側を通って奥の間へと向かう。

チクタク、チクタク……

静かすぎて、どこからか聞こえてくる古時計の針の音が気になった。

縁側の廊下は古く、踏むとギシギシと軋《きし》むし、傷も多い。

私、あまり自分のおじいちゃんとおばあちゃんの家に行ったことは無いんだけど、何となく心落ち着く、古い家に染み付いた匂いがする。

馨はどこか緊張感を保っているが、迷路のように入り組んだこの家を、特に迷うことなく進む。来るのは小学生のとき以来だとしても、よく覚えているものなんだな。

「!?」

突然、曲がり角で人と出くわした。

「ああ……あんた、本当に来たんだ」

その人は、単調な口調でそう言った。馨の目元が僅《わず》かに強張《こわば》る。

驚いたことに、それは馨の母である、朝倉雅子さんだった。

以前よりワントーン落ち着いた長い茶髪で、東京にいた頃より少し窶《やつ》れた気もするが、彼女も馨を前に強張った表情をしていた。嫌悪感とは違うものだと思うのだが……

「親父から連絡があったんだ。こどもの日まで、こっちにいるつもりだ」

「……そう」

淡々とした親子の会話。私の方が、緊張してくる。

「この辺、何にも無いから、若い子には退屈かもしれないけどね」

雅子さんはそれだけ言って、横を通り過ぎながら私に軽く会釈をした。そして、

「真紀ちゃんも、来てくれてありがとう」

そう、ポツリと呟《つぶや》いたのだった。


「それにしても、広い屋敷ね。津場木茜《つばききあかね》のとこくらいありそう」

「ま、平屋だがな」

「あら、いいじゃない平屋。東京で細長い一軒家をいっぱい見てるから、平屋に憧《あこが》れるわ」

「お隣さんとの密着度も半端ないからな、東京は」

ちょうど、窓から中庭の見える場所を歩いていた。中庭の苔《こけ》むしたししおどしが風流だな、と思っていたら、真正面から強い視線を感じて、ハッと顔を上げる。

「…………」

屋敷とは別の小さな離れが、敷地内にあるようだ。

その離れの縁側には背の曲がった老婆がいて、静かにこちらを見ている。

この家のお祖母さん？

でも確か、馨のお祖母さんはずっと昔に亡くなっているはず。

「ねえ、馨。あの離れって……」

馨の上着を引っ張っているうちに、老婆はスッと奥へと行ってしまった。

「あれ？　今、おばあさんが居た気がしたんだけど」

「ああ、あの離れは貸家で、ずっと身寄りのない婆さんが住んでる。だが、俺もあまり関わったことがない。祖父さんに、あの離れには行くなと言われていたから」

「そうなんだ」

敷地内の離れを貸家にしているなんて、そういうこともあるんだな。

馨は何かを思い出したのか、顎《あご》に手を添えて天井を見上げる。

「実は俺、ガキの頃はあの婆さんのことを、あやかしの類《たぐい》だって思ってたんだよな」

「ん？　そりゃあ随分と失礼な話ね」

「まあな。だが、この家にも……いるっちゃ、いるからなあ」

どこからか線香の匂いが漂って来た。

仏間を覗《のぞ》いた馨は「誰もいないうちにお参りをしよう」と言って、荷物を廊下の端に置いて仏壇の前に座る。

鴨居にご先祖様の写真が飾られていて、その一番端に馨のお祖父さんの写真もあった。

なんとなく神経質な表情で、ああなるほど、と思ったり。

ご先祖様の写真の真下に、珍しいあやかしがちょこんと座っている。

黒髪のおかっぱで、臙脂《えんじ》色のちゃんちゃんこを纏《まと》った女の子。

そう。有名なあやかし〝座敷わらし〟だ。

その子は一人であやとりをしながら、無言で私たちを観察していた。

「馨、馨」と、私は馨の服の裾《すそ》を引っ張る。

「さっき言っただろう。いるっちゃいるって。あの子はこの家に居着いている守り神のようなもんだ」

「あ。逃げた」

座敷わらしの女の子は、私が話しかける前に音もなく姿を消した。あやとりに使っていた輪を描く赤い紐《ひも》だけがそこに残されている。

座敷わらしが居着いているということは、この家はやはり繁盛した大きなお家だったということだ。座敷わらしとは、住み着いた家に富をもたらすあやかしだから。

私は仏壇のお供物として買ってきた亀十《かめじゅう》のもなかを紙袋から取り出し、馨がそれを仏前に供える。私たちは交互にお参りをした。

チーン……

静かな畳の空間に、線香の煙の香りが漂い、お鈴《りん》の音が鳴り響く。

「あ……」

馨にとって、前世以外の血の繋《つな》がり。ご先祖様。

どうか、これから馨に降り注ぐ多くの厄災から、彼をお守りください。


居間からだいぶ離れた場所に、襖《ふすま》で区切られた簡素な和室がいくつか並んでいた。大きな屋敷を持つ朝倉家は、宮大工や住み込みバイトの民宿にもなっていたようだ。

「でもほんとにいたんだもん！　莉子《りこ》ちゃん見たもん！」

「またその話？　いる訳ないじゃん、赤いちゃんちゃんこの女の子なんて」

手前の和室で、セーラー服姿の女の子と幼稚園のスモックを着た女の子が何か言い合っている。

縁側を歩いていた私たちは、意図せずそれを目撃したのだけれど、セーラー服の女の子が私たちの視線に気がつき「わあっ」と声を上げた。

「ああ、もしかして希《のぞみ》ちゃんと莉子ちゃんか？　久しぶり、大きくなったな」

馨は二人に覚えがあるようだ。

中学生くらいの子が希ちゃんで、幼稚園児が莉子ちゃん、かな？

「ひ、久しぶり、馨にいちゃん！　ほら、莉子も挨拶《あいさつ》して」

「ねえ、この人がさっき言ってた、イケメンの従兄弟《いとこ》のにいちゃん？」

「こ、こら莉子っ！」

中学生の希ちゃんは真っ赤な顔して、莉子ちゃんを連れて居間の方へと行ってしまった。

また、静かになる。

「秋嗣さんとこの姉妹で、俺の従姉妹《いとこ》に当たるな」

馨は、私が質問する前に教えてくれた。

「莉子ちゃんって子、赤いちゃんちゃんこの女の子を見たらしいけど、さっき仏壇の間にいた座敷わらしかしら」

「……かもな。あのくらいの小さな子は、感受性が豊かで稀《まれ》に見えることがあるからな。特に座敷わらしは、子どもに見えやすいあやかしだ」

まあでも、座敷わらしならば害はないだろうと思って、私も馨もあまり気にしない。

「ほら。こっちがお前の泊まる部屋のようだ。好きなように使え」

ちょうど私の部屋は、馨の従姉妹たちの部屋の隣のようだった。

「馨は？　馨とは違う部屋なの⁇」

「当たり前だろ。変なこと疑われるよりいいだろうが」

馨は呆《あき》れ顔。だけど私は猛抗議。

「変なことって何よ。私たち健全な夫婦なのに！」

「まだ夫婦じゃない。本当に夫婦だったらむしろ同室でも問題ないんだがな」

「私がいないと、馨が安眠できないじゃない！」

「……なんだそりゃ。安心しろ、もちの字が俺と寝るから。な」

馨がカバンを下ろすと、おもちが「ぺひょ?」と顔を出して、プルプルと頭を振る。そして馨パパに抱っこを要求している。

そうだ。おもちも馨と寝る約束をしている。あやかしは約束に忠実だ。要するに、私はここで、一人で寝なければならないということ。

この部屋を改めて見渡した。知らないおうちの、知らないお部屋。……ゴクリ。

「ど、どうしよう。私、この部屋で一人で寝るの……? 絶対、アレが出るわよ」

「アレが出るって、お前な。確かにこの家には田舎独特のあやかしが数匹いるが、幽霊は見たことないぞ。確かに壁のシミとか、苦悶《くもん》する人の顔に見えなくもないが……」

「あーあー。やめて。本当にそう見えてきたから」

大妖怪《ようかい》の生まれ変わりのくせに、幽霊とか悪霊の類がめっきり苦手な私。

前世で何度も取り憑《つ》かれ、体を乗っ取られそうになったからね!

馨は怖がる私を見て、意地悪い顔してニヤニヤしていたが、

「お前より年下の子たちも、襖を一つ挟んだ向こうの部屋で、子どもだけで寝るんだからな。泣く子も黙る茨木童子《いばらきどうじ》様が、田舎の家を怖がってちゃダメだろ」

「ううう、一理あるわね」

「……まあ、本当に怖くなったら、俺のとこに来い。突き当たりの部屋だ。あ、枕と上掛

け布団は自分のを持って来いよ。お前は俺のを奪うから」

なんだかんだと言って、馨は私に甘いのだった。


その日の夕食は、この家の居間で振る舞われた。

この場にいたのは、秋嗣さんと、姉妹の希ちゃんと莉子ちゃんだけ。

馨の母である雅子おばさんは、お仕事があるようでこの時間は家を空けている。

「田舎料理ばかりだけれど、たくさん食べてね」

秋嗣さんは謙遜《けんそん》していたが、大きな座卓の上には、とても美味《おい》しそうな鶏《とり》の唐揚げが、ゴロゴロこんもり大皿に盛られている。

唐揚げは大分のソウルフードとのこと。大好きなのでとても嬉《うれ》しい。

他にも、こんにゃくの白和《しらあ》えと、里芋ともち米粉のお団子が入った汁物、椎茸《しいたけ》たっぷりの煮物がある。

炊きたての白いご飯は、朝倉家の田んぼで収穫したものらしく、一粒一粒がつやつやしていて美味しそう。この家で漬けたという高菜のお漬物もある。

十分ご馳走《ちそう》なのだが、もう一品、私の目を引きつけてやまないお料理があって……

「ねえ、馨。生肉があるわ、生肉」

私は隣の馨の袖《そで》をちょいちょいと引っ張る。

馨は私がこのお料理を無視できないとわかっていたのか、したり顔。

「これは鳥刺しだ」

「鳥刺し!?」

「鹿児島の名物として有名だが、この辺でも地鶏の鳥刺しが食える。新鮮で美味《うま》いぞ〜」

「あああああ、美味しそう。生肉なんて、生肉なんて！」

「鳥刺しな」

私は生肉に大興奮。前世ではありとあらゆる生肉を食い尽くしてきた鬼だった訳だけれど、人間社会で食べられる生肉は限られているし、身近な存在ではない。

それに、たたきのように表面を炙《あぶ》っているでもなく、本物の生の鶏肉。

このような鳥刺しを頂けるなんて、思ってもみなかった。

「い、いただきます！」

「どうぞどうぞ。醬油《しょうゆ》と柚子《ゆず》胡椒《こしょう》で食べるのが、この辺の食べ方だよ」

秋嗣さんに教えてもらった食べ方で、まずは一口。

「ん〜〜〜っ」

噛《か》んだ瞬間に、悶絶《もんぜつ》。

これは、何というか、新しい世界を開いてしまいそうな美味しさだ。

身は引き締まっていて臭みは全くなく、鶏肉の甘みだけが口の中でとろける。部位によって、プリッとしていたり、柔らかかったり、コリコリと噛みごたえがあったり。噛めば噛むほど、地鶏の旨みを堪能できる。こんなご馳走、他に無いわ。

「どーだ。これをお前に食わせたいがために、連れてきたようなもんだ」

「最高よ馨！　こんなに美味しい鳥刺しが食べられるなんて思わなかった！　聞いてはいたけれど、九州のお醤油って本当に甘いのね。柚子胡椒の爽《さわ》やかな辛味がよく合うわ」

「関東の醤油に慣れてると、甘すぎると思ったりもするけどな。だが、鳥刺しにはこれが一番合う」

馨も、鳥刺しを頂くのが楽しみだったみたい。

白いご飯にも合うが、多分お酒を飲む人には、最高の酒の肴《さかな》になるのだろう。

「いや〜、鳥刺しをこんなに喜んで貰《もら》えるなんて思わなかったよ。うちの娘たちはあんまり好きじゃなくてね。唐揚げ派だから」

秋嗣さんは驚きつつも、嬉しそうだ。

多分、私や馨は、生肉耐性があるのだろうな……

唐揚げも鳥刺しと同じお店で買ったんですって。一つがゴロッと大きくて、骨つきと骨なし、モモ肉やムネ肉が混ざっているのが、お肉屋さんの唐揚げという感じで美味しそう。

いざ、カラッとよく揚がった大きな唐揚げにがぶりと齧《かじ》り付く。

おお、地鶏特有の弾力のあるお肉にしっかりしたお醤油とニンニクの下味がついていて、噛めば噛むほど強い旨みと肉汁が、口いっぱいに広がる。

「大分はとにかく鶏料理が多いんだ。唐揚げ、鳥刺し、がめ煮もそう。あと、とり天やかしわめしも有名だね」

「素敵です。こんなに美味しい鶏肉、毎日食べられたらいいのに」

お肉はどれも大好きだけど、鶏肉は安くてたくさん食べられるので、我が家でもよく活躍している。流石に新鮮な地鶏が手にはいる土地ではないため、大分の郷土料理の数々にはつくづく感動してしまった。鶏肉大好き。

実は、馨と私の間にこっそり置いたカバンの中に、おもちがちょこんと座っている。美味しそうな匂いを前に、しきりにお腹すいたサインを送ってくるので、私と馨は何食わぬ顔で、ささっと手早く骨なし唐揚げをおもちに渡したのだった。

大丈夫。気づかれてないわ……っ。

「こっちの〝だご汁〟も、大分の郷土料理だよ。素朴な田舎料理だけどね」

秋嗣さんが、変わったお味噌汁《みそしる》を紹介してくれた。

「これ。俺が小さな頃に、時々、母さんが家で作ってくれた料理だ」

「お、よくわかったね馨君。これは姉さんが作っていったやつだよ」

馨はそのだご汁とやらを一口啜《すす》って、複雑そうな顔をしている。

気になって、私も早速いただいてみる。小麦粉で作った平たい麺《めん》が煮込まれた、里芋、人参、ごぼう、長ネギなど具沢山のお味噌汁。

小麦粉の麺が、だご汁の〝だんご〟だと言う。素朴ながらとろみとコクがあり、ホッとする味だ。とても、馨が好きそうな……

「なんか、久々にあの人の作った飯を食った」

馨が、ボソッと。秋嗣さんはそんな馨に、雅子おばさんの事情を語った。

「うちは祖母も母親も早くに亡くなって、雅子姉さんとお手伝いさんが我が家の家事を担っていたんだ。だけど、それがとても窮屈だったんだろう。姉さんは高校を卒業してすぐ上京した。真面目に働いて結婚したように見えたけれど、そのあと、色々あったみたいだね。離婚前は家事もほとんどしてなかったらしいし……」

「………」

「あ、今じゃ、一生懸命介護補助の仕事をやってるから、安心してよ。介護士の免許を取るための勉強もしてるし。この家に戻ってからは、病気だった父に親孝行するように、姉さんが看病を率先して頑張ってくれたんだ」

「……そう、だったんですね」

それは、馨の知らない、母親の事情。

馨は複雑な顔して、色々と思いを巡らせているようで……

「なんか、しんみりさせちゃったね。ごめんねっ」

「いえ。母さんがこっちで一生懸命やっている話を聞いて、少し安心しました」

多分、それは本音なんだと思う。馨が心底ホッとしているのが、私にはわかる。

一方、馨の従姉妹にあたる希ちゃんは、馨の事情を知っているのか黙ってちまちまご飯を食べている。妹の莉子ちゃんは、瓶入りのカボス果汁をたっぷり唐揚げにかけて、小さな口を目一杯開けて唐揚げと格闘していた。

馨は二人を気遣ってか、そろそろ話題を変えた。

「それにしても、二人は本当に大きくなったな。俺が最後にここへ来た小六の時、希ちゃんは確か小三で、莉子ちゃんは生まれたばかりだった。俺のことなんて覚えてないだろうな」

するると、あんなに大人しくしていた希ちゃんが、

「う、うちは覚えてるよ！」

そこはしっかり主張したいとでも言うように、身を乗り出す。

「川で一緒に泳いだ！」

「ああ、そうだった。近所に綺麗《きれい》な川や滝があるもんな。キャンプもできるような」

「一緒に花火もしたし」

「そうだそうだ。夜になると真っ暗すぎて何も見えない裏手の庭で、蚊に刺されまくりな

がら花火をやった。懐かしいな」

そんな姉と、従兄弟《いとこ》のお兄さんの会話に入れず、つまらない顔をしているのは莉子ちゃんだ。ふと、私と馨を見比べて、

「ねえねえ。馨にいちゃんとこのお姉ちゃんは付きあってるの～？」

「ぶ……っ」

思わず唐揚げを喉《のど》につまらせかける私。とりあえず笑って誤魔化しつつ、

「あはは。い、一応そうかな？　ねえ馨」

「ま、まあ……」

麦茶を飲みつつ、馨も視線をどこでもない場所に向けている。

秋嗣さんはビールでほろ酔いながら、長女の希ちゃんに、

「雅子姉さん曰《いわ》く、この二人は将来結婚するらしいよ」

「えっ、高校生なのにもう結婚が決まってるの⁉　それが都会風なの⁉」

「い、いや、そんなことはないけど」

私と馨は、この関係をどう説明していいのかわからない。あまりに特殊すぎて。

「なんつーか、俺たちは幼馴染《おさななじみ》だから」

「そうそう。もうずーっと一緒にいるから、これからもそうよねって話」

これがイマイチ解せないのか、希ちゃんは首を傾げて、

「私にも幼馴染っているけど、馨にいちゃんたちとは全然違うなあ。やっぱり都会にいると、色々早いのかな。浅草って日本の誰もが知ってる大都会やしね」

はて。浅草は観光地だけど、大都会かというと、こっちも首を傾げずにはいられない。とはいえ希ちゃんは随分と東京に憧《あこが》れがあるようで、この手の話に敏感だ。私たちが都会の基準となったら、かなりマズいなあ〜。

「実は僕、崇さんに茨木さんのことを教えてもらった時、学生同士のカップルがそこまで親密なんてあり得るのかなーって思ってたんだ。それで雅子姉さんにも確認したら、あの二人が別れることはまずないでしょって言うもんだから、驚いたよ。雅子姉さんほど、そういうものを信じないタイプだと思ってたから」

「……え」

秋嗣さんの言葉に、私も馨も驚かされる。

今日、おばさんとはそれほど話が出来ていないが、馨と私のことを、そんな風に思っていたなんて、知らなかった。

馨もまた、意外そうに目をパチくりとさせていたのだった。

実のところ、私は馨のご両親に、あまりよく思われていないと思っていた。

私の存在が、馨の家庭の崩壊を招くきっかけの一つだったのかもしれないと、今でも少し考えたりする。

不器用な馨にとって、前世の妻である私は、現在の両親よりずっと〝家族〟だった。

死に別れた元妻で、記憶があるのだから、自《おの》ずとそうなってしまったのだ。

それがおじさんとおばさんに、少なからず伝わってしまっていたのかもしれない。

どこぞの娘を、幼い頃からずっと大事にしている息子に、違和感を抱かずにはいられなかっただろう。

「うーん……やっぱり知らないお家で一人だと、そわそわしちゃって寝付けないわね」

他人の家の、古い天井を見上げながら、どこかそわそわしている。

おもちが一匹、おもちが二匹、おもちが三匹……

おもちが百匹まで数えて寝付けなかったら、枕と上掛け布団を抱えて、馨の部屋に忍び込んで、お布団に潜り込もう。そうしよう。

「わーん、わーん」

だがその時、襖《ふすま》越しの隣の部屋から泣き声が聞こえて、私は反射的に飛び上がる。脳内で数えていたおもちも、一瞬で何匹だったか忘れた。

「どうしたの⁉」

何事かと思い、慌てて襖を開く。

希ちゃんが、泣く莉子ちゃんを抱きしめながら、青ざめた顔をしていた。

「り、莉子が突然泣き出して……障子の向こうに、誰か居るとか言って」

そして、希ちゃんは震える手で廊下側の障子を指差す。

「障子に映る影を見たって言うの。でも、うちが見ても、そんなの無くて」

「……影？」

「この子、昼間も赤いちゃんちゃんこの子どもを見たとか言ってたし……っ」

「ああ。それは多分、座敷わらしね」

「え？」

おっと、口が滑った。危ない危ない。

念のため、私も襖を開けて廊下を確認するが、これといって危険な感じはしないし、右、左を見ても何もいない。

やっぱり莉子ちゃんが見たという影も、あの座敷わらしかもしれない。

「何もいないわ」

「ほんとう？」

莉子ちゃんが「でも見たもん」と言い張る。

「ええ。もちろん、信じているわ。でも大丈夫。悪いものじゃないのよ。きっと莉子ちゃんと仲良くなりたかったのね」

そう言って、ヒックヒック泣く莉子ちゃんを宥《なだ》めた。お布団で横になるよう促し、隣に座って、額を撫《な》でながら。

すると、莉子ちゃんは泣き疲れたのか、そのままスーッと寝付いてしまった。

希ちゃんが小声ながら、一生懸命私に感謝を述べる。

「ありがとう……っ、莉子、最近なかなか寝付かなくて。変なことを言うのも、お母さんが入院してるから、寂しいのかもしれないって」

「そう……だったんだ」

座敷わらしは、寂しがっている子に寄り添う性質がある。それで莉子ちゃんに見えたのかもしれない。

かなりの年月この家に居着いているのだろう。危険なあやかしじゃないから怖がる必要はないけど、やはり未知なる存在に恐怖を感じてしまうのは、仕方のないことで……

「ああ、もうやだっ。うちも怖くなって来た。だからこの家に泊まるの、嫌だったのに！」

希ちゃんもゾクゾクと寒気がしたのか、体をさすっている。

「怖いのだったら、襖を開けておきましょうか？」

「いいの？　うん、お願い。ありがとう」

襖で区切られていた部屋ではあるが、その襖を開けておいた。

莉子ちゃんはあのままスースー寝てしまったが、希ちゃんはやっぱり、さっきの怖気《おぞけ》が抜けないのか、なかなか寝付けないようで……

「ねえ、真紀ちゃん」

「ん？」

「ちょっとだけ、お話ししてもいい？　聞きたいことがあって」

私の名前を呼んで、遠慮がちに、隣の部屋から話しかけてくれた。

私もちょうど眠れないところだったので、「なんでもどうぞ」と答える。

「馨にいちゃんとは、どこで出会ったの？」

なるほど。その手の話か。

この年頃のお嬢さんは恋バナがお好きだ。

「幼稚園の頃に、桜の樹の下で出会ったわ。私、木登りをしていて、ちょうど真下に馨がいたの。私、その上に落っこちちゃった」

「ええっ!?　なんか、変わった出会い方だね」

「そうねえ……」

遠い昔のことだが、あの時のことは思い出すだけで、ちょっと笑えてくる。

確かに、私たちのような出会い方など、他にそうないだろう。

あの時、私はあやかしに取られた帽子を取り返すため、ちょうど木に登っていた。そんな私を馨が見つけて「茨姫《いばらひめ》」と名前を呼んだものだから、私はびっくりしちゃって木から滑り落ちたのだ。

馨が真下でキャッチしようとしたのだけれど、スモックを着たような幼稚園児には難しく、そのまま私に押し潰《つぶ》された。

「それからずっと、付き合ってるの？」

「んー、男女交際って意味なら、最近になってのことよ。だけど、ずっとずっと一緒だったし、私はずっと、馨が好きだったわ」

私にとっては当たり前の言葉だが、これがとてもロマンチックな話に聞こえたのか、

「はああ～。いーなー」

希ちゃんはお布団の上で悶《もだ》えている。

「馨にいちゃんみたいな人、絶対モテるでしょ」

「あはは。そうね。いつも誰かに告白されてる。馨は面倒臭そうにしてるけど」

「めっちゃかっこいいもんね。何でもできるし、大人っぽいし。近所の男子たちとは大違い。渋谷《しぶや》とか歩いてたら、芸能事務所の人にスカウトされるんじゃない？」

「渋谷？　渋谷かあ……渋谷を歩くこと、あんまりないからなあ」

浅草を歩いていても、芸能事務所の人にスカウトされることはまずないし。

「あ、でもね。近所のお姉さんが、勝手に馨の写真と履歴書を某アイドル事務所に送った

ことがあるんだけど、その時はスカウトのおじさんが馨を追いかけ回してたなあ」

「なにそれ初耳！　さすが馨にいちゃん」

確かに馨は、控え目に言っても、テレビに映っているアイドルや俳優に負けないほど顔がいい。背も高いし、スタイルもいい。

誰かが言ってた。千年に一人の美男子だと……

「でも、馨は目立つことが嫌いだし、謙虚堅実がモットーみたいなとこがあるからなあ。自分から進んで芸能人にはならないかも」

「ちぇー。そっかー、そうだよねー」

希ちゃんは、テレビのアイドルや若手俳優にも憧れてるようだ。

このくらいの年頃の女の子だったら、当然かもしれない。クラスの女子たちも、よく芸能雑誌とか見てるし、ドラマの話とかしてるしね。私もテレビっ子だから、ドラマの話題にはついていける。希ちゃんとも、そんな話を女子らしくしてみた。

この前、浅草で人気俳優がぶらぶらしてる系の番組の収録をしていたーとか。

スカイツリーに誰々が来ていたーとか。

上野《うえの》公園でドラマのロケやってたーとか。

「いいなーいいなー。うちも、大学は東京に行きたいなあ」

そして、少ししてから、希ちゃんはぽつりと呟《つぶや》く。

「……こんな町、早く出て行きたい」

私は暗がりの中、希ちゃんの方を気にかけた。

「この町を出たいの？」

「うん。だってここには何もないもん。ここにいたって、将来なにになりたいとか、何やりたいとか、一つも思い浮かばない」

「…………」

「この辺って盆地になってて、高い山々でぐるっと囲まれてるでしょ。あれを見てるだけで、億劫《おっくう》になる。まるで、バケツの底から出られない小さな蟻みたい」

……バケツの底、か。中学生らしい面白い喩《たと》えだ。

だけど、その言葉の裏側にある、強い感情を、私は感じ取る。

億劫、窮屈、退屈、見えない夢、希望……憧れ。

「でも、お父さんはきっと、ダメって言うだろうなあ……」

消え入るような声でそう言うと、もう、希ちゃんは何も言わなくなった。

……すう、すう。

やがて、隣の部屋から寝息が聞こえてくる。

なかなか寝付けずにいたようだったが、やっと眠ることができたみたい。

自分の思っていることを、口に出してスッキリしたのかな。

希ちゃんとお話をしていたら、私もなんだか、眠たくなってきた。

「あ。その前に……トイレ行っとこ」


さて。古い家で真夜中に、トイレに行きたくなるほど怖いものはない。

「ええい、何を怖がってるの。私は元大妖怪《ようかい》。泣く子も黙る茨木童子……」

ブツブツ言いながら、母屋の中心部にあるトイレまで向かう。

トイレはリフォーム済みで、和式ではなく洋式なのが幸いだ。

手を洗い、また暗い廊下に出る。

廊下の窓から見えたのは、月明かりに照らされてくっきり浮かび上がる、この町の山々の、黒いシルエット。

山が掲げる夜空の方が明るくて、おびただしい数の星が肉眼で観測できるので、驚きだ。

それはもう、感動を覚えるほどに、キラキラ、キラキラと瞬いている。

星の明かりを邪魔するネオンは、ここには無いから。


ひた、ひた……

その時だ。どこからか、足音が聞こえた。

嫌いな幽霊の気配ではなさそうだが、得体がしれない感じがして、私は周囲を警戒し、身構える。この家に住み着いている座敷わらしだろうか？

ひたひた……ひたひた……


やはり足音がする。とてもゆっくりな足音。こちらに近づいてくる。

やがて、ぼうっと光る目玉が二つ、廊下の向こうの闇の中より浮かび上がった。

「あなた……」

それは、意外な人物だった。

白髪を後ろで緩く結い、痩《や》せた体にブカブカの着物を着た、腰の曲がった老婆。

昼間に、中庭越しの離れで見かけたお婆さんだ。あの時と同じように、私をじっと見ている。

流石の私も、少しびっくりしてしまった。

こんな夜中に母屋にまで来て、いったい何をしているのだろう。

「あの。どうされましたか？」

慎重に、だけど単刀直入に尋ねてみた。

老婆は窪《くぼ》んだ目元の黒目を鈍く煌《きら》めかせ、僅《わず》かに唸《うな》り声をあげた後に、嗄《しわが》れていて、途切れ途切れの聞き取りづらい言葉で、私にこんなことを尋ねた。

「お前、普通の人間……じゃない、な。……まさか、天女、か？」

「え？　天女……？」

何のことだろう。全く覚えがない。

窓から差し込む明るい月明かりによって、老婆の姿が、陰影を伴ってくっきりと浮かび上がる。

人間なのに、少しばかりゾッとする、そのシルエット。

この人はいったい、何歳なのだろう。

嗄れた声でありながら、強い意志や威厳すら感じられる口調で、彼女はこう告げた。

「羽衣を返せ。私の、羽衣を、返せ……っ」

第三話　御伽噺の隠れ里（二）

「真紀《まき》、起きろ、起きろって……っ」

「んー」

「おい、真紀」

馨《かおる》の声がする。私の名を呼ぶ声。

でももう少し寝たいので、硬い抱き枕をぎゅーっと抱きしめて、私は睡眠の森に沈む。

「おい、やめろ。いでででででっ、腰が折れる」

「……ん～？」

また馨が何か言ってる。よくよく考えたら、この抱き枕、馨だ。

「あれ……私……馨と一緒に寝てる？」

「やっと頭が現実に追いついたか、お前」

目をパシパシさせて、そろりと馨の腰に回していた手をどけた。

馨がこちらに向き直り、肘《ひじ》を立てて自分の頭を支えつつ、ちょっとムッとしている。

でも、寝起きの私の顔にかかる前髪をいちいち整えてくれたり。

「ところで私、なんで馨の部屋に？」

「それは俺が聞きたい。お前、昨日の夜中にいきなり部屋にやってきて、俺の布団に潜り込みやがった。そのあとソッコーで爆睡したからな、お前。俺は訳も分からず一夜を過ごした……」

「あー」

手鞠河童《てまりかっぱ》みたいな声を出して、昨夜のことを思い出す。

私、トイレに行って、離れのお婆さんに遭遇したんだった。

幽霊でもあやかしでもないのに、なぜかこの私が恐怖に駆られ、考えるより先に馨の寝床に飛び込んでしまったのだ。

だって妙なことを言っていたし、凄《すご》く雰囲気があったんだもの、あのお婆さん。

「お前なー、こっち来る時は掛け布団と枕もってこいって言っただろ。まあ、いつもは俺を弾《はじ》き出すところ、今日に限っては微動だにせずセミみたいに俺の背中にくっついてたから、よしとするが……」

一方、まんざらでもない馨。

「馨は寝られた？」

「寝られねーよ」

あらら……。私が乱入したせいで、余計に馨の睡眠を邪魔してしまったかしら。申し訳ないことをしてしまったわね。

おもちは馨の向こう側で、持ち込んだ愛用の毛布にくるまって、鼻ちょうちん作って寝ていた。夜泣きするかなと思ったけれど、意外と図太い。

「だけどね、馨、昨日は不思議なことがあったのよ。離れに住んでるあのお婆さんが……」

「はい？」

だがこの時、私は自分の隣の部屋で寝ていた莉子《りこ》ちゃんや希《のぞみ》ちゃんのことを思い出し、ハッとする。朝起きて、隣の部屋に私がいなかったら、びっくりするんじゃないかって。

「ヤバイヤバイ、戻らなくちゃ！」

「は？　お前、何なんだ、いったい」

と言うわけで、私は昨夜のことを馨に話せないまま、急いで自室に戻ったのだった。


その日、馨の祖父の、四十九日法要が予定通り行われた。

私と馨は喪服を着て参列する。

田舎の法事は、聞いていた通り大規模だ。葬式ではないのに、村中の人が来てるんじゃないかってくらい、多くの人がこの家に集まっている。法事らしからぬガヤガヤした賑《にぎ》わいに、面食らっている私。

お葬式にはもっと多くの参列者がいたとか。

馨の祖父は、きっと偉大な方だったのだろう。

「うそ、馨君⁉　まああ〜大きくなって〜」

「私は前から言ってたでしょう、この子絶対カッコ良くなるって」

ご近所にいる遠縁のおばさんたちが、都会育ちの立派な青年になった馨を見てキャーキャー騒いでいる。馨、苦笑い。

「あの子、馨君の彼女らしいわよ」

「まあ、こんな田舎まで彼女連れて来たの？」

「都会の子は違うわね。見て、あの髪の色」

さらには、馨の彼女だとすっかり知られている私のことも、話のネタに。

喪服だと余計に、私の赤髪が目立ってしまうからなあ。

学校でも度々注意されたり、あまり良い印象を持たれなかったりするが、田舎ならなおさら、珍しいだろう。

私はあまり気にしていなかったのだが、

「真紀ちゃんの髪は、地毛なのよ。失礼なこと言わないでちょうだい」

遠縁のおばさん方にぴしゃりと注意したのは、馨の母である雅子《まさこ》おばさんだった。

私と馨は、揃いも揃って、目をパチクリ。

確かに雅子おばさんは、私の赤みがかったくせ毛が地毛であることを知っていた。幼少期からそうだったし、ことあるごとに、この地毛は問題になってきたから。

だけど、こんな風に庇《かば》ってもらえるなんて思わなかったな……

そうしているとお坊さんがやってきた。いかにも田舎のお坊さんという感じで、村の誰もを知っていて、仏壇の前でお経を唱えた後、生前の馨の祖父の話も聞かせてくれた。

馨の祖父・朝倉清嗣《あさくらきよつぐ》さんは、随分ともの静かな人だったらしいが、この天日羽《あまひば》を愛し、農業の傍ら天日羽の文化を研究する学者でもあったらしい。

この町に〝御伽噺《おとぎばなし》の隠れ里・天日羽〟というキャッチフレーズをつけたのは、この朝倉清嗣さんだったとか。よく一人であちこちを散歩していたため、町の多くの人に知られ、親しまれていたのだ。

その後、骨壷《こつつぼ》を朝倉家の裏庭の端にある、大きくて古いお墓に納め、皆でお参りをする。

法要が終わると、家の前までやって来たバスに乗り込み、近くの料亭で会食が行われた。

喪主の秋嗣《あきつぐ》さんが挨拶《あいさつ》を終えるともう宴会の雰囲気で、多くの参加者たちが会席料理と酒を楽しみ、おしゃべりに夢中になっている。

私と馨は隣同士に座っていたが、馨はあちこちに呼ばれて、親戚《しんせき》たちに挨拶をしに行った。ほとんど顔を見せることのない朝倉清嗣の初孫。しかも都会育ちのイケメンで、彼女まで連れてきたとあって、誰もが興味津々なのだった。

私はこの場では他人であるので、ポツンと一人でご飯を食べている。

「真紀ちゃん、真紀ちゃん」

そんな時、隣に馨の従姉妹《いとこ》の希ちゃんが来てくれた。

「うち、こういうの苦手なんよ。真紀ちゃんといていい？」

「ええ、もちろん」

「なんか、ごめんんね。馨にいちゃんあちこちに連れていかれて。こういう田舎って、みんな知り合いで、噂が広まるのも早いの。雅子伯母《おば》さんが離婚して戻ってきた時も、色々凄かったんだから。馨にいちゃんが来たことも話題になってるんだ」

「はああ〜。それで、誰も彼もが馨を知ってるわけね。馨は誰も知らなそうだけど」

酔っ払ったおじさんにお酒をついだり、おばさんたちのおしゃべりに付き合ったりしている馨を、遠くから眺めていた。愛想笑いがヒクついてるなーとか、思いながら。

合間合間に、私の方をジロジロ見ている、誰かの視線を感じる。

希ちゃんも、それに気がついたのか、

「真紀ちゃんは平気なの？　何も知らない人からこそこそ言われたり、ジロジロ見られたりするの」

「うーん、気にならない訳じゃないけど、慣れちゃった。まあ、馨が悪く言われないように、私はヘマをしないようにとは思うわね。……あ、真鯛《まだい》のお刺身美味しい〜」

「……真紀ちゃん」

気ままな私に、希ちゃんは眉《まゆ》を寄せクスッと笑った。

「なんか、真紀ちゃんって不思議。堂々としていて、かっこいいね。私、自分のことで色々言われるのすぐ気にしちゃうのに。都会の人ってみんなそうなのかな……」

「ん？　いやー、都会にも色んな人がいるわよ」

私の場合、見た目の特徴で色々言われるのは前世からなので、慣れてしまったのかも。

「たった一人でも、自分のことを認めてくれる人がいたら、意外に気にならないものよ。自分に自信を持てるというか」

「それって……馨にいちゃんのこと？」

「そうかもね～」

「えー。いいないいなー。馨にいちゃんみたいな彼氏、いいなー」

希ちゃんの反応を微笑ましく思っていた、その時。

一瞬だけ、離れた場所に座っていた雅子おばさんと目があった。

もしかしたら〝馨〟という名前が聞こえて、こっちを見たのかもしれないな……

「ねえ希ちゃん。ちょっと聞いてもいいかしら。雅子おばさんのこと」

「雅子伯母さん？」

「ええ。雅子おばさんは、希ちゃんにとってどんな人？　よく会う？」

希ちゃんは会席料理についていた巻き寿司を頬張りながら「うーん」と首を傾げた。

「伯母さん仕事で居ないことも多いから、あんまり。でも、いざ話すと結構気さくってい
うか、都会の人だからさっぱりしてる。田舎独特の価値観を押し付けることもないし、お
せっかいでもないし。向こうで色々あったみたいだけど……うちは結構好きなんだよね」

「なるほど」

小刻みに頷《うなず》きつつ、少し意外に思う。

以前までのおばさんは常にピリピリしていたし、ヒステリーに陥ることもあり、不安定
だった。話しやすいということは、今は精神的にも安定しているのかな。

「あ、あと、離れにヨボヨボのお婆さんいるんだけど、知ってる？」

突然その話が出て、私はドキッとした。

昨晩、離れの老婆が母屋に忍び込んでいたところに、私は出くわしたから。

「え、ええ。馨に教えてもらったわ」

「今は、雅子伯母さんがお世話をしているはずだよ。この家のお手伝いさんだったらしく
て、独身で身寄りもいないから、ウチで面倒を見てるんだって。お父さんが言ってた」

そして、希ちゃんは僅《わず》かに視線を落とし、膝《ひざ》の上の自分の手をぎゅっと握る。

「希ちゃん？」

「うち、小さな頃から、あのお婆さんがちょっと苦手。あんまり関わったことも無いし、

喋《しゃべ》ったことも無いけど……。時々、真夜中に裏庭に出て、星空を見上げて泣いてるの。まるで、この辺にある〝天泣《あまな》き地蔵《じぞう》〟みたい」

「……天泣き……地蔵」

ピンときた。多分、この町のあちこちに静かに鎮座して、空を拝んでいた丸いお地蔵さんのことだろうって。

関係性は謎であるが、確かに、昨日の真夜中に出くわしたお婆さんの様子は、普通ではなかった。恐怖を感じるのも無理はないほど、不気味な存在感があったのだ。

だけど、あやかし、じゃない。

やっぱり昨日のことは、馨に話すべきかもしれない。


「はああ〜。疲れた」

会食が終わり、再び朝倉家に戻って来た。

居間で、馨が喪服のネクタイを緩めている。

「しっかし人が多かったな。祖父《じい》さん、寡黙な人だったのに、あんなに交友関係が広かったなんて驚きだ」

その人が亡くなった後に、その人のことをたくさん知る。

法事の場だと、いつもは関わることのない人たちと話したり、聞いたりして。

私も、お父さんとお母さんの時に、そう思ったな。

「午前中はあんなに人がいたのに、誰もいなくなっちゃったわね。希ちゃんと莉子ちゃんは一旦《いったん》お家に帰るって。夕飯には来るって言ってたわ」

「秋嗣さんは、奥さんの入院している病院に寄って、買い出しに行ってから戻ってくるらしい。それまで家でゆっくりしとけって」

「……そっか」

お台所を借りて、お茶を淹《い》れた。自分たちが持ってきた雷おこしをおともに、二人の時間をまったり過ごす。

「あ、そうそう、実は昨日の夜、ちょっと妙なことがあってね……」

そして、私は昨晩のことを馨に話し始めた。

隣の間で寝ていた莉子ちゃんが人影を見たと言って泣き出したこと。希ちゃんが、怖がっていたので、襖《ふすま》を開けて少しお話をしたこと。

夜中にトイレから帰る途中、廊下で、あの離れに住むお婆さんに遭遇したこと。

「なんだそりゃ。普通にホラーだな」

馨は真顔でそう言った。そりゃあそうなんだけど。

「確かに私じゃなければ、悲鳴を上げてたと思うわよ」

「でも俺の部屋に逃げ込んできたけどな。と言うか、あれじゃねーか。……徘徊《はいかい》とか」

「私も、最初はそうかなと思ったけど、でも私のことを〝普通の人間じゃない〟と言ったのよ。もしかして〝見える〟人なのかもしれないって……でも天女って何のことかしら」

「……天女。羽衣」

馨は顎《あご》に手を当てて、思い当たることがないかと、記憶を探っているようだ。

ボーン……ボーン……

古い時計が、静寂の中、午後の四時を知らせる。

「あっ！　おもちのこと忘れてた！」

「ああっ」

今日は朝からおもちを部屋で待たせていたことを思い出し、私たちは慌てて、寝泊まりしている和室に戻る。馨の泊まっている方の部屋だ。

きっとおもちは、寂しくてぐずって泣いているだろうと思っていたが、

「ぺひょっ、ぺひょっ」

「え……？」

驚いたことに、おもちは床にたくさんのおはじきやビー玉、お手玉や千代紙を散らかして、楽しげな声をあげて遊んでいた。

誰と遊んでいたかというと、どこからやってきたのか膝丈《ひざたけ》サイズの山河童《かっぱ》と、毛並みが

ボサボサの野良の子豆狸。それと、この朝倉家の座敷わらしだ。

「おかえり。酒呑童子《しゅてんどうじ》の小僧に、茨木童子《いばらきどうじ》の小娘」

座敷わらしは子どもらしい声音で、さも当たり前のように私たちのことをそう呼んだ。

「……ねえ。この座敷わらし、私たちのこと知ってるんだけど」

「そりゃあ前に俺が話したことあるからな」

何だ、馨とこの座敷わらしは、それなりに交流があったのか。

私はその座敷わらしの前に座り、目線を合わせた。

「あなたのお名前は？」

「わしは千代童子《ちよどうじ》。朝倉の家に住まう、座敷わらしじゃ」

「私は茨木《いばらき》真紀よ。茨木童子の生まれ変わりというのは、知っている様だけれど」

「わしは以前、小僧からお前の話を聞いていたのじゃ。食い意地が張っているわがままな鬼嫁だが、赤髪がとても美しい、と。すぐにわかったぞ」

「…………」

私、振り返って馨を見上げる。

馨、明後日の方向に顔を向け私から目を逸《そ》らしている。

「それはそうと、みんなでおもちと遊んでくれてたの？　ありがとう。おもちもたくさんお友だちができたのね。よかったわね〜」

「ぺっひょ～」

山河童と子豆狸はモジモジと私たちに近寄り、どこからか色紙とペンを取り出して、

「サインくだたい～」

「家宝にするです」

と可愛らしくおねだりした。

こんな田舎のあやかしですら知っている酒呑童子と茨木童子。おもちがお世話になった
し、どでかいサインを書いてあげましょう。握手もしてあげましょう。

「千代童子も、ありがとう。子どもたちが寂しくないように見ていてくれたんでしょう?」

「礼には及ばない。わしは子どもが大好きじゃ」

見た目は子どもだが、母にも似た慈愛に満ちた笑みを浮かべる千代童子。

「わしは幼い子どもにしか見えないのじゃ。お前たちは例外として。……ああ、もう一人、
離れに例外がおったか」

そして、視線を障子の向こうに向ける。

「離れって……」

「千代、お前あの離れの婆さんのこと、知ってたのか?」

私と馨は、さっそく食いついた。

もしかしたら、あの謎めいたお婆さんの話をこの座敷わらしから聞けるかもしれない。

「もちろん。スミレがこの家に来た時から、ずっと気にかけておるのじゃ」

千代童子は徐々に笑みを消し去り、悲しげな顔をしてポツリと呟《つぶや》いた。

「お前たちなら、スミレのことを、何とかできるかもしれないのお」

そして幼い顔を上げて、眉を寄せたまま、

「スミレは〝天女〟じゃ。どうかスミレを助けてあげてほしい。スミレを、元いた場所に帰してあげてほしい」

切実な声音で、私たちにそう懇願する。

「天女？」

「……帰すって、どこへ？」

詳しく話を聞こうと思ったが、ちょうどその時、外で車の扉がバタンと閉まる音がした。

きっと、秋嗣さんが買い出しから帰って来たのだろう。

「ただいまー、馨君、茨木さん、いるかい」

この家の大人が帰ってきたせいか、千代童子はスミレさんについて詳しく話をする前に、目の前から忽然《こつぜん》と姿を消してしまったのだった。

「あの。何か、お手伝いしましょうか？」

台所へ向かうと、秋嗣さんが夕食の準備をしていた。

馨と共にお手伝いを申し出たが、秋嗣さんは顔の前で手を振る。

「いやいや、いいよ。今夜は焼肉だし」

「や、焼肉……っ!?」

思わず反応。久々の焼肉だ。しかも机の上に並んでいるのは和牛である。

「この大分産カボス果汁が入った、味噌《みそ》ベースの焼肉のタレが美味《おい》しいんだよ。お肉を先に、このタレでちょっと漬け込んでおくと、なお美味しい」

秋嗣さんがメガネの端を光らせながら、特製のタレを見せつける。焼肉にタレは重要だ。カボス果汁が入ったタレなんて、んー、凄《すご》く美味しそう。

「やっぱり、俺たちも手伝いましょうか？」

「いやいや、ここは僕に任せておいて。焼肉の仕込みは僕の得意分野だから。それに、雅子姉さんにも、君たちに気を使わせるなと言われてるしね。手伝ってもらったりしたら、僕が怒られちゃうよ」

私と馨は、どうしようかと顔を見合わせる。秋嗣さんは「あっ」と声を上げ、

「そうだ。夕飯まで、暇ならその辺りぶらついて来るといいよ。九州のこの時期は日が長くなってきて、まだまだ空が明るいから。馨君、小学生の頃、お祖父さんと一緒に夕方のあぜ道を散歩していただろう？」

そのように言って、私と馨を、玄関まで押しやってしまった。

この感じ、本当に雅子おばさんに手伝わせるなと言われているんだろうな。

「せっかくだし、おもちたちを連れて、そこら辺をぶらつくか」

「そうね。おもちはお散歩大好きだし」

「あぜ道は靴が汚れる。この家、下駄《げた》が山ほどあるから、そっち履いて行こう」

馨が使えそうな下駄を古い下駄箱から取り出して、私の足にぴったりなものを玄関に並べてくれた。足のサイズまできっちりわかってる。我が夫ながらマメで愛《う》い奴め。

というわけで、縁側の外からおもちや友だちの山河童、子豆狸を呼び、下駄をカラコロ鳴らしながら、二人と三匹のあやかしが裏の田んぼのあぜ道へと降りていく。

「スー、ハー」

草と、水と、土と、田んぼ独特の匂い。それを体いっぱいに取り込んだ。

はあ。心地よい。霊力もたっぷり含まれた、自然の空気だ。

田植えされたばかりの苗と、張った田んぼの水が、柔らかな風に撫《な》でられ静かに揺れている。

まだ明るさのある夕方の空を横切っているのはカラスだ。山に帰るのかな。

「カアカア。……ぺひょっ」

「うん、そうね。カアカアね」

おもちはごく稀《まれ》に、「ぺひょ」以外の言葉を発する時がある。

カラスを見て興奮しているのは、いつも遊んでくれているミカを思い出すからかな。

カラスが帰っていくのは、この町を囲む、壁のように横長い山だ。

「あ、風車」

その山の頂上の一帯に、風力発電の風車を見つけた。動いてないけど。

「この辺の山々は頂上が平らだからか、結構あれが立ってる」

「ど田舎の景色に、ポツンと現代的な施設があるの、ちょっと面白いわね」

「下町の浅草《あさくさ》からスカイツリーが見えるのと似てるだろ」

「うーん」

わかるような、わからないような。

でもそのギャップが、どこかセンチメンタルに感じられるところは、スカイツリーと似ているかもしれない。

シルエットは、まるで子どもの遊ぶ、かざぐるまのようでもある。

「田んぼのあぜ道って、歩いているだけでワクワクするわ。浅草の散歩も好きだけれど、のどかで誰も居ない田舎道も、悪くないわ」

「そうだろう。ガキの頃、ここに来る楽しみの一つは散歩だったな」

「渋いガキが居たもんだわね～」

「ここは霊力が異常に澄んでて、特に夕方は心地いい。体内の霊力がリフレッシュするのは、俺たちにとっちゃ大切なことだ」

「ま、そうね」

黒い影ぼうしが、どこまでも伸びて、ついてくる。

大きな馨の影、それより少し小さな私の影、とにかく丸いおもちの影。山河童と子豆狸の影も、黄昏時《たそがれ》は確かな黒を地面に描いている。

あぜ道では小さなカエルがぴょんぴょん跳んでいて、子あやかしたちが、楽しげにそれを追いかけていた。

「あらら、おもち。足が泥だらけ」

「帰ったら、洗ってやらねーとな」

灰色毛玉が、茶色毛玉になるのも時間の問題だが、他の子あやかしたちや自然と触れ合うおもちを見ているとほっこりする。

だけど、一方で冷たくなってきた風が、不穏めいた予感を運んできて……

「ねえ。さっきの話だけれど」

「……ああ」

「千代童子が、あのお婆さんを〝天女〟って言ってたけれど、どういうことかしら。確かに妙な感じはあったけれど、それでも人間だと思ったわよ、私」

「俺もだ。あやかしかもと思った時もあったが、確かに人間だった」

私と馨は、静まり返った田んぼのあぜ道をゆっくり歩きながら、先ほどの話の続きをする。

「この辺りって〝御伽噺《おとぎばなし》の隠れ里〟と呼ばれているだろう。あの由来を前に祖父《じい》さんから聞いたことがある」

「由来？」

「駅で降りて、ここまで来る途中、変な地蔵があったろう。あ、ほらあそこにも」

あぜ道の脇にも、あの地蔵があった。顔が真上に描かれている、丸いフォルムの地蔵。覆堂《おおいどう》もなく、ただ上を向いて空を拝んでいる。ここにあるのは、穏やかな笑顔の地蔵だが、やはり目元に涙のような筋がある。

「天泣き地蔵と言うらしいわね。希ちゃんに聞いたわ」

「ああ、そうだ。天日羽には、その手の世界では割と有名な古い伝承がある。〝月人《つきびと》降臨伝説〟だ」

「月人降臨⁉」

意外な話が飛び出して、私は何が何だかという顔をしていたが、馨は目前に迫る山を指差した。

「あの横長い壁のような山を〝さかずき山〟と言うんだが……昔、このさかずき山の頂上に一人の〝月人〟が舞い降りたとか」

だけど月に戻る〝雲船〟は着陸時に壊れ、もう二度と月には帰れない。

一人ぼっちの月人。昼も夜も月を拝み、泣いている。

だがその涙が田畑を潤し、やがて月人は、この地の豊作を司《つかさど》る守り神となった。

天泣き地蔵は、悲しみに暮れる月人そのもので、その信仰の名残なのだとか。

「祖父さんはこれを、かぐや姫伝説の裏話、とも言っていたな」

「かぐや姫伝説の……裏話？」

かぐや姫といえば竹の中から生まれた美少女で、実際は月からやってきた宇宙人であり、数多くの男を振って月に帰る。そんな話。

古典でも習うし『竹取物語《たけとりものがたり》』くらい私でも知っているが、それがこれと何の関係があるのか。

相変わらずちんぷんかんぷんな顔をしていると、馨は昔聞いたことを思い出すように、続けた。

「この御伽噺を事実と仮定し、深読みするならば、きっと月で何か騒動があり、かぐや姫は地球に逃がされた。地球に逃げてきたのはかぐや姫だけでなく、裏ではこんな田舎に逃げてきた月人も居た……ってことだ」

「…………」

「何だ真紀。その顔は。俺をヤベー奴みたいな目で見るな。これは俺じゃなくて、祖父さんの解釈だぞ！」

いきなり恥ずかしがる馨。今まであんな真面目な顔して語ってたくせに。

「だって、それはなかなか……いや、面白い解釈だけれどね」

だが、理解した。それで〝御伽噺の隠れ里〟か。

遥《はる》か昔のおとぎ話の〝裏話〟がここには眠っている。

「でも……繋《つな》がりそうで繋がらないわ。天女は、その伝承と関係があるのかしら。羽衣を返せって、あのお婆さんは言ってたけれど」

ポケットに手を突っ込んで、少し前を行っていた馨が、足を止めた。

「返せ、か。うちにそんなものがあるってのか？　いや、待て。天女……」

天女というワードに何か思い当たることでもあったのか、馨は真面目な顔つきになり、再び歩き始めた。

早歩きだったので、私はカエルをツンツンしているおもちたちを呼び、小走りで馨に駆け寄る。

「ちょっと、いきなりどうしたのよ」

「そういえば、思い出したことがあってな。こっちだ」

田んぼのあぜ道を突っ切って行くと、どこからかザーザーと、川の流れのようなものが聞こえ始める。

さかずき山と田園の間に、激しい流れの川があった。大きな岩と、丸みのある石がたくさん転がった河原は、いかにも山間《やまあい》の自然の川という感じ。遠目から見ても水はとても澄んでいる。

私たちは棚田の間にある坂道を下り、河原まで出た。

川の向こう側こそ、さかずき山。

深い緑が生い茂り、人がほとんど立ち入ることのないような、暗い森が広がっている。

木々の隙間から奥を見つめているだけで、どこか神聖で不可侵な、ピリリと緊張した霊力を感じ取れる。

なんだろう、これ。ゾクゾクしてくる。

「ここ……何なの？」

「昔、祖父さんとこの河原まで散歩に来た時に、あの人が話してたんだ。子どもの頃、山から羽衣を纏《まと》った天女が出てくるのを、ここで見たことがある、と。天女は川の上を浮くように歩き、風のように軽やかに舞ったらしい」

馨は頭を搔《か》いて、なぜもっと早く思い出さなかったんだ、と自分自身に憤っている。

「俺はその頃、何かあやかしの類《たぐい》が、子どもの頃の祖父さんに見えたんじゃないかと思って、あまり気にしないでいた。この辺では、子どもの頃に何かを見るというのは、よくある話だったから。あやかしもうようよいるしな」

て見送る。


確かに、あやかしの気配はあちこちから感じ取れる。

おもちの友だちになった山河童や子豆狸は「ここらで帰るです～」と言って、川に入ったり、岩場を飛び越え森の中へと駆けていったりした。おもちが「ぺひょ～」と手をふって見送る。


あやかしのいるのどかな一幕がすぐ目の前にあるからこそ……

何が何だかわからない〝天女〟というものが、一層謎めいていく。

「まさか、天女っていうのは、月人のことか？　月人が、本当にいるってのか？」

「あやかしや神様がいるんだから、月人がいても驚かないわよ、私」

「いやいやいや。だって宇宙人だぞ」

「あら、鞍馬《くらま》天狗《てんぐ》のサナト様だって、宇宙人説あるじゃない」

「……確かに。じゃあ、あのスミレ婆さんがまさかの宇宙人？　かぐや姫的な？」

深まる謎に、私たちはお互いに「うーん」と顔をしかめた。

五月の夕方、肌寒さが暗さと共に増していく。

空が暗くなるにつれ、目の前のさかずき山が、ざわざわと木々を揺らし、蠢《うごめ》く、黒く巨大な暗雲のようにも見える。

私は、空を仰いだ。

白い光を帯びつつある弓張りの月が、私たちをじっと見下ろしている。

あるはずもないのに、月の視線を感じてしまう。

もしスミレお婆さんが月人だとしたら……

「月に帰せ、とでも言うの？」

それは、いくら酒呑童子と茨木童子の生まれ変わりといっても、無茶な話だ。

《裏》　由理、月が綺麗ですね。

「御伽噺の隠れ里？　月人降臨伝説？　へえ。それはとても大変なことになっているね」

僕、夜鳥《やとり》由理彦《ゆりひこ》は、大分にいる真紀ちゃんや馨君と交互に電話しながら、あちらで遭遇した不可解な事件の相談を受けていた。

夫婦とペン雛《ひな》で親子水入らず、田舎でまったりしていると思っていたのに、結局その手の事件に巻き込まれてしまいますか……

しかし月人降臨伝説かあ。同じ月に纏《まつ》わるあやかし、キャラ被《かぶ》るなあ……などなど。

まあ、鵺《ぬえ》は月からやって来た訳じゃないけど。

「おい鵺！　サボってんじゃねーぞタコ！」

「あ、ごめん真紀ちゃん。上司にパワハラされてるから、そろそろ切るね。また何かあったら電話して」

そしてプッとスマホの通話を切る。

ここは裏明城学園《うらめいじょうがくえん》の旧理科室。

ゴールデンウィークとはいえ僕ら式神業に休みなどなく、浅草界隈《かいわい》の見回りや、情報収集など、各々《おのおの》に課せられた任務をこなしているのだった。

　裏明城学園は表向きカッパーランドという手鞠河童《てまりかっぱ》たちの運営するテーマパークで、気の抜けるような音楽がずっと流れているが、一方で我々の活動の拠点でもある。

「で、何ですか玄武《げんぶ》さん。僕はここで見張りをしているように言われてましたが？」

「チッ。どの口が言う。暇そうに元鬼どもと電話してたくせによお」

「いやあ、ここから見る月があまりに綺麗で……」

「いや、月なんか見てなかっただろうが。電話してただろうが。あとリーダーと呼べ」

「はいリーダー」

　いつも僕にパワハラしてくるのは、ジャラジャラしたシルバーアクセとミリタリージャケットが特徴的な、灰色の髪の男。

　目の下の濃いクマに、鋭い目つき。とにかく人相が悪いので悪役かと思われるが、彼は千年前より安倍晴明《あべのせいめい》に仕えている四神・玄武だったりする。亀だけど。亀だけど。ちなみにリーダーと呼ばないと怒ります。

「ラボで晴明が呼んでる。さっさと行け。学園の見張りは俺が代わる」

「わっかりました～」

　僕はわざとらしいほど陽気な返事をして、腰掛けていた窓辺からひょいと飛び降り、すぐそこに置いていた学ランの上着を羽織った。

ここ旧理科室から繋がる、叶《かのう》先生のラボ。

黒板に晴明桔梗《ききょう》印を描くと、叶先生とその式神にだけ通ることができる道が開く。

この、ある種のワープゾーンを通り、僕は日本のどこか山奥の地下にある、叶先生の研究所に入った。

僕はあまりここへ来ることはないけれど、叶先生は大体ここに居て、教師として働く時はここから裏の旧理科室を通って学校へ通勤している。

まずはモニターばかりの部屋に辿《たど》り着く。

ぼんやりとモニターの青白い光に照らされているのは、水色の髪を細く長い一本の三つ編みにした、白衣の少年だ。

「青龍《せいりゅう》さん、お疲れ様です」

「ああ、鵺か。お疲れ。晴明なら第三ラボだよ」

少年は翡翠《ひすい》色の瞳《ひとみ》だけをこちらに向け、淡々とそう言った。

キーボードを打つその手を止めることはなく、さっきからモニターの数字とにらめっこしている。何をしているんだろうな……

彼はこの研究所の管理を任されている叶先生の式神・青龍。

四神の一柱とも名高い青龍だが、叶先生の研究を最も側で支えている優秀な式神だ。

机の周りにシリアルバーとか栄養ドリンクの残骸《ざんがい》が散らばっているのは見なかったこと

にして、僕は早速青龍さんの言う通り、第三ラボへと向かった。

「おっと」

第三ラボの前で、ある人と鉢合わせする。人っていうか、式神なんだけど。

「やあ。鵺君も呼び出されたのかい？」

「はい、まあ。……朱雀《すざく》さんもですか？」

「ああ。いったい何の呼び出しなのやら。晴明の呼び出しにはいつも肝が冷える。ははは」

「…………」

サラサラした赤栗色の髪に、鮮やかな朱色の瞳、ついでに爽《さわ》やか笑顔と白い歯が眩《まぶ》しいライダースーツ姿の青年。片腕にヘルメットを抱えて、今しがた戻って来たと言う感じだ。

四神の中じゃこの人が一番まともそうに見えるが、

「ところで朱雀さん。長く留守にしていたようですが、どこに行ってたんですか？」

「ん？　んー、なんて言うか、ゾンビ？　みたいなのを燃やして来た」

「……はい⁇」

「いや～、正直今回はもうダメかと思ったね。バイオハザードが起きてしまうかと。ああでもよかった。ほんと、何とかなったから。何とか人類を救った。ははは」

「…………」

全くもって意味不明だが、とりあえずなんかいつも壮大な任務を与えられているのが、この朱雀さんだ。僕らは二人で、晴明……叶先生のラボに入ったのだった。

チチ……チチチ……

どこからか、砂の零《こぼ》れ落ちるような音がする。

ここでは、いったい、何を研究しているのか。

ポール状のカプセルがいくつも立ち並ぶ真っ白で明るいラボだが、カプセルの中には何も入っていない。普通、秘密の研究施設っていったら、この手のカプセルに実験体とか入ってると思うんだけど。

「二人とも、来ましたわね」

奥から声がした。白髪を黒の飾り紐《ひも》で横に纏めた袴姿《はかますがた》の女性が、壁際に立っていた。

主に情報収拾を専門とする式神・白虎《びゃっこ》。常に目を閉じていて、この人寝てるんじゃないかって思うくらい物静かな式神だが、一応前は見えている模様。

「晴明は？」

「ん。あちらでございますわ」

朱雀さんが尋ねると、白虎さんが真横を指差す。

叶先生はなぜか大きなデスクの下にいて、僕たちが揃ったのに気がつくと、そこからもそもぞと出て来た。

そのデスクの下に何があるって言うんだ……

「ああ、よく来たな、お前たち」

そして、白衣のポケットからおもむろにキャンディーを取り出し、ひとりひとつずつ手渡す。僕のは、青リンゴ味。

「お前たちを呼び出したのは他でもない。昨晩の怪死事件についてだ」

そう。実のところ、東京都内では昨晩のうちに、怪死した女性の遺体が複数発見されている。どの女性も、まるで血を抜かれたように乾ききっており、人の仕業ではないとして陰陽局《おんみょうきょく》も動いていると言う。

「やはり……吸血鬼の仕業ですか？」

僕は控えめに尋ねた。

「ああ。陰陽局が回収した遺体を調べたところ、どの遺体にも首筋に傷があり、吸血鬼の吸血行為によってできる傷そのものだった」

吸血鬼と言えば、日本では茨姫《いばらひめ》の眷属《けんぞく》である凛音《りんね》君くらいしか、僕は知らない。

凛音君は、確か千年前に、茨姫により人を殺すほどの吸血を禁じられている。

ただ、あの子はもう茨姫の眷属でもなければ、真紀ちゃんの眷属でもない。その縛りを破ることは不可能ではないが……

果たして、彼がそこまでするだろうか？

「もしかして、海外の吸血鬼が、日本にやって来たということでしょうか？」

日本では希少な存在でも、吸血鬼とは海外に多く存在しており、人外オークションにも来ていたようだ。

白虎さんがチラリとこちらを見て、

「吸血鬼の同盟〝血の兄弟〟が、ミクズと手を組んだという情報を得ましたわ。その可能性は、十分にあるでしょうね」

「血の兄弟が、ミクズと……？」

吸血鬼たちの狙いは、どう考えても、真紀ちゃんの〝血〟だ。

ミクズにとって茨木童子は邪魔な存在だろうし、吸血鬼たちは真紀ちゃんの血が欲しい。お互い、利害は一致しているということか。

「異国の吸血鬼たちは、長年、太陽光を克服する術《すべ》を探していた。それを克服するのに、茨木真紀の血に目を付けたのだろう。バルト・メローの一件で、一層、茨木真紀の血を欲するようになったようだ」

叶先生は椅子に座り、淡々と語りながら、いつ淹《い》れたのかわからない冷めたコーヒーを啜《すす》っている。

「……確かに、茨姫の血を与えられていた凛音君は、太陽の光をものともしません。それは、日本の吸血鬼だからだと思っていましたが」

「もう千年も前に絶滅した日本の吸血鬼も、太陽の光を苦手としていた。だが茨木童子の眷属であった凛音は、彼女の血を飲んだことで、吸血鬼の欠点を克服し長寿を得た。それが血の兄弟にバレてしまったのなら、奴らのこの行動の早さも頷《うなず》ける」

「ならば、凛音君は、今、どこに？」

ふと、胸がざわついた。叶先生の推察が正しい気がしたからだ。

凛音君がなぜ血の兄弟に所属していたのかは定かでは無いが、あの吸血鬼の組織に、自分が茨木童子の眷属であったことを告げていたとは思わない。

だが、オークションでの事件の後に吸血鬼たちとミクズ一派が手を組んだのなら、凛音君の正体がバレるのも時間の問題だった。

「あの吸血鬼の坊や、どうする気でしょう。血の兄弟に与《くみ》している以上、そこにいて茨木童子の敵に回るか……」

「もしくは、茨木童子への忠誠心を捨てられず、血の兄弟を裏切るか、だな」

白虎さんと朱雀さんが、それぞれ正反対の可能性を示す。だけど、

「彼が敵に回ることは、まず、無いでしょう」

なぜかそう言い切った。

今まで散々、凛音君には厄介な事件を引き起こされて、迷惑して来たというのにね。僕だって、凛音君が余計なことをしなければ、今も継見《つぐみ》由理彦だっただろうから。

だけど、それでも彼が、真紀ちゃんを裏切るとは思えない。

その行動には、一見悪意めいたものを感じることもあるが、どれもこれも、最後は真紀ちゃんの為になるように、彼はあえて汚れ役をかっているように思えるのだ。

心配だ。おそらく、血の兄弟がミクズと手を組み、真紀ちゃんを狙うといち早く情報を得たであろう凛音君が、どのような行動に出るか……

そんな時、ラボに緊急のサイレンが鳴り響く。

何事かと思ったら、脳内に玄武さんの声が響く。

『緊急事態発生。緊急事態発生。裏明城学園カッパーランドに、玉藻前《たまものまえ》ミクズ襲来！』

「⁉」

誰もが目の色を変えた。

それは、現状の敵のボス、と言えるだろう大妖怪《ようかい》だからだ。

いつか学園に、何かしらのアプローチをして来るのではと思い、我々は警戒していたはずだが、本人のお出ましとあって驚かされた形だ。

「……行け」

叶先生はそれだけ命じた。すぐに僕たちは研究所から裏明城学園に向かう。

そして、その屋上からグラウンドにあるカッパーランドを見下ろした。

「あ……」

カッパーランドはそろそろ閉園という時間帯だった。遊びに来ている妖怪たちは、今起

こっている事態を何も知らずに、楽しげにランドを出て行く。そんな中、

「早く降りるでしゅ〜」

「もう閉園時間でしゅ〜」

キラキラした緑色の主張が強めなメリーゴーラウンドに、例の大妖怪はいた。

「ミクズ様ー、雑魚《ざこ》の手鞠河童《てまりかっぱ》たちが何か言ってますにゃ。食べちゃっていいかにゃー？」

「ダメですよ金華猫《きんかびょう》。手鞠河童を食べに来たのではありません。噂のタピオカを求めてやって来たのです」

「にゃははっ。まるで泥水に沈む毬藻《まりも》のようなタピオカミルクティー。なかなかいけますにゃー」

白いワンピースを纏《まと》い、サングラスと大きなハットを身につけた、どこぞのセレブ風のミクズ。そして原宿《はらじゅく》系ギャルの格好をしている金華猫。二人とも最近人気のタピオカミルクティーを片手に持って、メリーゴーラウンドの緑の馬に跨《また》がっている。ちなみにカッパーランドのタピオカも河童色です。

「ここに乗り込んで来るとは、お前も相変わらず命知らずだなあ、ミクズ。何度命を取られたら気がすむんだ、ああ⁉」

そんな二人に、まるでガラの悪い不良がいちゃもんをつけるがごとく絡んでいたのが、玄武さんだ。

「ミクズ様――。いかにもヤバそうな男がこっち見てますにゃ」

「目を合わせてはいけません、金華猫。何されるか分かりませんよ」

「むしろこっちから絞めちゃいましょう。今夜はスッポン鍋《なべ》にするのにゃ」

「それは名案。コラーゲンたっぷりで美容に良さそうですねえ」

そんな玄武さんを煽《あお》りに煽る二人。

だがこう見えて、我らがリーダーは大人で、

「ぜってえええええええ殺す！　今すぐ殺す！」

早速バズーカを取り出し、構えて打ち込む。

ミクズが片手で管狐《くだきつね》火を操り、籠《かご》目の結界を作ってそれを防いだ。そのせいでバズーカ砲は軌道を変え、カッパーランドの特設エリア〝キモい妖怪展〟を爆破する。

「アギャー。不人気の『キモい妖怪展』がボロボロでしゅ～」

「不人気過ぎてお客しゃんが居ないのが幸いでしゅ～」

逃げ惑う手鞠河童たち。白虎さんと朱雀さんが、やれやれと首を振りながら、破壊されたエリアに向かう。その際、僕に「リーダーをよろしく」と爆弾発言を残して。

いや、よろしくと言われても……。

「まーったく。非モテの玄武は相変わらずすぐ切れる。我々は噂のカッパーランドに来ただけにゃのに。緑色のタピオカミルクティーを持って、映えスポットで写真を撮りたかっ

ただけにゃのに」

「そうですそうです。悪役にも休暇ってもんがあるんですよ」

玄武さんが怒りに震えて今度はもっとヤバい武器を取り出そうとしていたので、

「リーダー、落ち着いてください。ここはぐっと堪《こら》えて」

「俺はいつも落ち着いている」

「いやいや、目が血走ってますから。……ここは少し、僕に任せて」

なんで僕がリーダーを宥《なだ》めているんだか。普通、リーダーが部下を宥めるのでは？

とか思いながら、僕はごほんと咳払《せきばら》い。

そして、ミクズと金華猫の方へ、笑顔で向き直る。

「こんばんは、ミクズさん。今夜は月が綺麗《きれい》ですね」

ミクズは僕の声にどこか警戒しつつも、

「あーら、公任《きんとう》様ではありませんか。今世は人間ごっこを辞めたのですか？　あの男の式神に成り下がったと聞きましたが？」

「うーん。意地の悪いことを言いますねえ」

僕はぽりぽりと頰を搔《か》きながら、

「僕も一つ聞いていいですか？　あなたはいったい、何がしたいのです？」

ざっくりとした問いかけ。

だけど密《ひそ》かに言霊を仕込んだ、問いかけ。

「鵺《ぬえ》ごときがミクズ様の願いを聞こうなんて三千年早いのにゃ。SS級大妖怪に入り損ねているくせに」

「………」

「まあ、そこを突っ込んでやってはいけませんよ、金華猫。公任様はエリート思考です。もしかしたら気にしているかもしれないのに」

いや、別に気にしちゃいないけど……

「ああしかし、尽くした人間に討伐されたような情けない妖怪は、我々と同列に語ることはできませんね。よってSS級大妖怪の仲間には入れてあげませーん」

「ふふ。やっぱり意地悪ですねえ、ミクズさん。しかし……」

僕の言葉の途中、今まで大人しくしていた玄武さんが、密かに笑った。

「その言葉、晴明に三度殺された奴《おれたち》のセリフじゃあねえな」

そしてもう、ミクズの背後でジャックナイフを構え、その首を狙っている。

早い……っ。動ける亀の玄武さんが殺し屋さながらの冷たい目をして、ミクズの最後の命を取りに行った。

ミクズも金華猫ですら、対応できないほど早かったが、

「やめろ、玄武」

ナイフが首の皮に触れたところで、ピタリと止まる。

「それを殺していい許可は出していない」

命令の声に、玄武さんは「チッ」と舌打ちをして、ミクズから退く。

そう。いつの間にか僕の隣に叶先生がいて、静かにミクズを睨《にら》んでいた。

「晴明〜〜〜っ」

ミクズは、きっと、叶先生に会いにきたのだろう。

サングラスを下ろし、ゾッとするほどの笑みを浮かべて、乗っていたメリーゴーラウンドの馬から降りる。その際、何か怪しげな妖術《ようじゅつ》を使い、この裏明城学園の真下に封じられている悪霊たちを呼び起こした。

カッパーランドに現れた悪霊たちに、火を消そうと消防士の格好をしていた手鞠河童たちが行く手を遮られ「アギャー。火災の次は幽災でしゅー」と慌てふためいている。

「妾《わらわ》を討ち取るチャンスだったのに、そうやってもったいぶるところ……相変わらずですねえ晴明。あなたが一向に妾の前に姿を現さないものだから、とうとう会いにきてしまいましたよ」

叶先生はいつも通り、感情の波を一つも立てない冷たい目をしている。

「お前を最後に討つのは、俺の役目ではないからな。それでは何も解決しない」

そして、背後に巨大な、黄金の五芒星《ごぼうせい》を掲げ、カッパーランドを徘徊《はいかい》していた悪霊たちを、ただただ強制的に成仏させた。

チリチリと、金色の星屑《ほしくず》が彼の周りを漂っている。

「にゃははは。いつまでも陰でこそこそ。もう余裕ぶってる局面じゃないにゃあ〜晴明。もうすぐ茨木真紀が血祭りにあげられるというのに」

「なに⁉」

金華猫の言葉に反応したのは、僕だった。

金華猫はチラリと僕の方を見て、またくすくす笑う。

「今回は、ほんのご挨拶《あいさつ》です。我が愚妹も……留守のようですしね」

そしてミクズさんは、この狭間の夜空を見上げた。

現実世界ではありえないほど大きな、偽りの赤い月を。

「もうすぐ浅草は大変なことになるかもしれません。せいぜい、見回りでも、妾の監視でも続けるといいでしょう。それでもパーティーは始まってしまいます。真っ赤な血を求める夜の住人が、太陽に恋い焦がれるあまり」

夜の住人……

ミクズの言葉が本当ならば、やはり、血の兄弟が動き出しているということだろう。

ミクズと手を組んだというのは、本当だったか。

だが叶先生が動揺を見せることなどない。だが、

「追い詰められているのはお前も同じだろう。最後の命であることを肝に命じておけ。俺が全てを諦《あきら》め、全てを投げ捨てたとすれば、最初に殺すのはお前だ、ミクズ」

その言葉に、いつもの叶先生とは違う、感情的な何かを垣間《かいま》見る。

ミクズもまた、顔色を変えた。

顔はあげたまま、目線をギロリとこちらに傾けて、

「最後の命ぃ？　それは、お前も同じでしょう、安倍晴明」

「…………」

「九度、生まれ変わることができるから、我々は〝常世《とこよ》の九尾狐〟だったのです。そして妾の九つの命のうち、三つをお前が、そしてもう三つを大魔縁茨木童子が奪った……」

どこからか、もくもくと雲のようなものが集まり、ミクズはヒールでそれに乗る。

「今世に至っては、酒呑童子様の生まれ変わりなどとぬかす小僧と、その部下に一つずつ持っていかれちゃいました。さあて、最後の一つは、いったい誰が？　誰が妾をものにする？」

彼女の甲高い笑い声が響く。

そして、雲はミクズと、慌てて飛び乗った金華猫を乗せたまま、高い場所まで浮かび上がった。月をバックに、僕らを見下ろして、

「だが、妾はあの国を復活させるまで死ぬつもりはない。最後に勝つのは、妾だ、晴明」

ミクズが満足そうな笑みを浮かべた直後、乗っていた雲が凄《すご》い速さで上昇し、空を突っ切って狭間《はざま》の側面をぶち破る。

「逃げましたけど、追いかけますか、叶先生」

「いや、いい。あの女狐が、逃げ道を準備せずにここにやってきた訳が無いからな。罠《わな》の仕掛けられた場所に飛び込むほど、馬鹿ではない」

そして叶先生は白衣を翻し、校舎へと戻る。

慌ただしく行き交う手鞠河童たちを、踏まないよう気をつけながら。

僕もまた、叶先生の元へと駆け寄った。

「茨木と天酒《あまさけ》は大分に行っているんだったな」

「あ、はい。あちらはあちらで、変わった事件に巻き込まれているみたいですけど」

「そうか。だがいっそ、しばらくそちらにいた方がいいのだろうが……」

ボソッと。だいたい、先生がボソッと呟《つぶや》く時は、本音である。

「それはそうと、でかしたな、鵺《ぬえ》」

「……はて。なんのことでしょう」

すっとぼける僕。まあ、多少なりとも、情報を引き出せたのならそれで良い。

「それより、ミクズがこれから何をしでかすのかが気になります。浅草は七福神の結界が作用していますけど、あの感じ、何か仕掛けてくるのでは？」

「一般人を盾に取られるようなことがあれば、こっちは不利だぜ」

「あ、玄武さん」

いつの間にか小さなミドリガメの姿になって叶先生の肩にちょこんと乗ってる。可愛い。

「それでもまだ、様子を見ますか。叶先生」

「……仕方がない。悲劇もまた、あいつらの宿命だ」

「…………」

「だが、千年前と結末さえ変われば、それで良い」

悲劇も、宿命、か。

だけど、千年前と同じ結末は……僕も、許さない。

第四話　御伽噺の隠れ里（三）

その翌日。

さかずき山の月人《つきびと》降臨伝説に興味があるという話をしたら、秋嗣《あきつぐ》さんが、私と馨《かおる》、従姉《い》妹《と》の姉妹《こ》を大きなワゴン車に乗せて、観光に連れ出してくれた。

「まさか二人が、さかずき山の伝承に興味があるなんて思わなかったよ。都会の人には、珍しい感じ？」

秋嗣さんのちょっぴり嬉《うれ》しそうな問いかけに、私と馨はこのように答えた。

「一応、民俗学研究部なので。浅草《あさくさ》にこの手の山は無いですし」

「河童《かっぱ》伝説のある商店街と濁った川はあるけどな」

合羽橋《かっぱばし》と隅田川《すみだがわ》のことです。浅草には生臭い手鞠《てまり》河童がうようよいます。

「お、パラグライダーだ」

馨が車の窓の外を指差す。

山の上から、赤いパラグライダーが飛んでいるのが見えたからだ。

「この辺の山は頂上が平たいから、パラグライダーが飛ぶのにちょうどいいみたいで、ゴールデンウィークの間はかなり飛んでると思うよ」

なるほど。パラグライダーが空を飛ぶ景色というのも、珍しい。

外に目を奪われていると、秋嗣さんは車を運転しながら、

「天日羽《あまひば》では、子どもの頃に河童を見ただの、座敷わらしを見ただの、狸に話しかけられただの言う人が、結構いる。赤鬼たちが暴れまわった伝承もある。だけどこの手の話で最も珍しいのは〝月人降臨伝説〟だろうね。この辺が〝御伽噺《おとぎばなし》の隠れ里〟と呼ばれている所以《ゆえん》だから」

昨日の散歩中に馨が教えてくれたような、天日羽の〝月人降臨伝説〟について、改めて教えてくれた。

「で、今から行く〝穂使《ほし》の滝《たき》〟にも、ちょっとした〝天女伝説〟がある」

「⁉」

ハッと顔を上げた。天女というワードに、ちょうど敏感になっているから。

「そ、その話、もっと詳しくお願いします、秋嗣さん」

馨が勢いよく食いついたので、秋嗣さんは少し驚きつつも、

「天女にも興味あるの？　馨君って小さな頃から、意外と妖怪《ようかい》の話とか詳しかったよね。大人ぶってたけど、子どもらしいところがあるんだなあーって思ったもんだ」

「へええ～。馨にいちゃんってそういうの好きなんだ、意外」

希《のぞみ》ちゃんまで。

前世が大妖怪、とか言えないので「そっすね……っ」と歯を食いしばる馨。

と、そのタイミングで、目的地である滝についた。

「うわああ。凄い」

二段式の滝はザーザーと勢いよく流れ落ち、澄んだ滝壺《つぼ》に叩《たた》きつけ、細かな水しぶきをあげている。滝の周辺は青もみじが覆っていて、紅葉の季節も綺麗《きれい》だろうが、この時季も緑が美しいと思ったりする。

見た目も音もダイナミックで、何よりここまで水しぶきが飛んでくるので、一帯が涼しい。きっとマイナスイオンめちゃくちゃ浴びてる……

「これが〝穂使の滝〟……」

「そう。この滝には、恋に破れ、滝壺に身投げした女性が〝天女〟になったっていう伝説があるんだ。月人降臨伝説に比べたらマイナーだけどね」

ん？　恋に破れて身投げ？　羽衣は⁇

私と馨は、イマイチ想像と違う伝承にきょとんとしたまま、伝承のある滝を見つめた。

あまり有名な伝承ではないらしく、それ以上詳しい話は分からないが、スミレお婆さんの言う〝天女〟と、何か関係があるのだろうか？

あ……手鞠河童たちだわ。

川のあるところならどこにでもいる手鞠河童。

まるでアリの行列のごとく、背中に荷物を背負ってどこぞへと向かっていた。

「今夜は山嵐がくるでしゅ」

「端午の節句の前夜には必ず穂使の滝で酒盛りするでしゅ」

「アレで御伽噺に復讐《ふくしゅう》するつもりでしゅ」

「逃げるでしゅ〜」

などとブツブツ呟きながら。山嵐って何？

少し気になったけれど、人の多い場所で見えない彼らに話しかけるわけにはいかない。

この穂使の滝は天日羽でも人気の観光地らしく、滝壺から続く浅い川では、釣りを楽しんでいる人や、川を素足で歩く観光客もいる。

近くに土産物屋や食堂もあり、ちょうどゴールデンウィークだからか、田舎でもそこそこの賑《にぎ》わいだ。

「ねえお父さんお腹すいたー」

莉子《りこ》ちゃんはあまり滝には興味ないらしく、父である秋嗣さんのシャツの裾《すそ》を引っ張る。

「ああ、そうだね。ちょうどお昼時だし、あの食堂で何か食べようか」

滝の側で営まれている食堂は、どうやらこの辺の天然水を使った手打ちのうどんや蕎麦《そば》をメインに置いているらしい。

私たちは、その食堂で少し早めの昼食を取ることにする。

「かしわうどん……？」

「かしわってのは鶏肉《とりにく》のことだ。九州じゃ、そう呼ぶ。かしわうどんも、九州独特のうどんなんだろうな」

私がメニューを見ながら目をパチクリさせていると、馨が隣で教えてくれた。

「へええ。こちらでは、うどんにも鶏肉を使うのねえ。あ、かしわおにぎりってのもある。これも美味《おい》しそう」

東京のうどん屋さんとはまた少し違うメニューに、目移りしてばかり。

せっかくなので、こちらでしか食べられないものを頂こう。

「俺は肉ごぼ天うどんだな。ごぼ天うどんって九州じゃ超メジャーだが、関東じゃそうでもないから」

「ごぼ天うどん⁇」

そんなこんなで、できたてのうどんが運ばれてくる。

驚いたのは、東京のうどんと違ってお汁《つゆ》が透き通っているところ。

「聞いてはいたけれど、こっちのうどんは、本当にお汁の色が薄いのね」

東京のうどんはお汁が黒いのよ、と希ちゃんに教えてあげると、彼女は驚き顔で、

「えっ、黒いの⁉ どういうこと？ やっぱり都会は違うなー」

と。いや、あまり都会は関係ないと思うけど。

「関東は濃口醤油《しょうゆ》で味付けされているが、九州や関西は薄口醤油で仕立てていると聞いたことがあるな。出汁《だし》も違うとか」

馨がお汁から啜《すす》っていたので、私も真似してお汁の味を確かめる。

「あ、鰹節《かつおぶし》やあご出汁、昆布出汁……かしら。魚介のお出汁がしっかり効いてる。それに、麺《めん》が柔らかい気がする」

「麺の柔らかさも、こっちのうどんの特徴だよな」

九州のお醤油で煮付けた甘辛い鶏肉のそぼろが、かしわうどんの〝かしわ〟と言うことだが、これが薄めのお出汁や、柔らかい麺とよく合う。

一方で、馨のごぼ天うどんなるものも気になる。そちらをチラチラ見ていたら、

「ほら、くれてやる」

と、ごぼ天を一本こちらの器に添えてくれたので、我が夫は本当に献身的だ。

あんたのものは私のもの、が刷り込まれているわねえ……

「わっ、これ美味しい～。ごぼ天って、ごぼうの天ぷらだったのね」

細長く切った棒状のごぼうの天ぷらは、コリコリッとスナックのように食べられる。

確かに、馨が好きそうな素朴な美味しさだ。

「ねえねえ。カップルでシェアするのも、都会では普通のことなん？」

気がつけば、秋嗣さんと希ちゃんがこちらをじーっと見ていた。

やばいわ。私たち、ご親戚《しんせき》の前でいつもの夫婦やらかしてた⁉

「い、いやいや。こいつがめちゃくちゃ食い意地が張ってるだけで」

「ちょっと馨！　私に擦《なす》りつけないで。あんたが食べさせたがりなのよ、私に対して」

「物欲しげにめちゃくちゃ見てただろうが。お前が暴れる前に俺が献上したんだ」

「ちょっ、暴れるとかっ、シーよ、シー」

こういうの、由理《ゆり》ならばスルーしてくれるところだが、秋嗣さんと希ちゃんは珍しいものでも見るように、私たちの痴話喧嘩《ちわげんか》を見物している。

「ねー、莉子ちゃん甘いおやつ食べたい」

そんな時、助け舟のごとく幼い莉子ちゃんが甘いものを要求。

その食堂に、ぼた餅《もち》やあんみつなどの甘味もあるようだった。

甘いものは別腹。ということで、私ももう大人しくして、メニューを見ていると、

「……やせうま？」

どうしても痩《や》せた馬のイメージしか出てこない、謎のメニューがあった。

「やせうま、美味しいよ。真紀《まき》ちゃんも食べてみなよ」

「莉子ちゃん、やせうま大好きー」

希ちゃんと莉子ちゃんが揃って注文する。なんだか気になってしまい、私もそれを注文した。馨や秋嗣さんも。

「……わ。なにこれ凄《すご》い」

そしてやって来た〃やせうま〃なるものは、先日だご汁で頂いたような平たい小麦粉の麺に、きな粉をまぶした謎のお料理だ。

「やせうまも、大分の郷土料理の一つだよ。だご汁や、やせうま、うどんのように、小麦粉で作った料理が多いのも、このあたりの特徴だ。昔、この辺は米より小麦の栽培が盛んだったんだ」

秋嗣さんがさりげなく教えてくれた豆知識に、なるほどと思ったり。

なんとこの〃やせうま〃という甘味、お箸《はし》で食べるみたい。

「ん。あ、温かくて柔らかい」

もち米で作ったおもちほど粘り気はなく、茹《ゆ》でたてで柔らかいので、意外と軽くてペロリと食べられる。

素朴な味だが、餡子《あんこ》などが無いため、きな粉そのものをたっぷり味わえるのがいい。お砂糖の壺がそこにおかれていて、好みで甘みも調整できる。

「はあ〜。食べた食べた」

「連日ご馳走《ちそう》で、バチが当たりそうだ」

美味しいものをたっぷり堪能し、私も馨も満足満足。

「あ、やせうま、テイクアウトができるみたい」

「もちの字に買って帰るか。あいつ絶対、これ好きだろうからな」

まだちょっと温かさのある持ち帰り用のやせうま。ビニール袋に包んで、食堂のおばさんが持たせてくれた。馨のいう通り、おもちの好きそうな味なので、反応が楽しみ。

腹ごしらえが済み、次に天日羽のもう一つの名所である〝さかずき山〟の山頂に向かう。

朝倉《あさくら》家の裏口からも見渡せる、田んぼのその向こうの、壁のようなあの山だ。

山頂は平たく広大な芝生の公園のようになっていて、昨日遠目から見た風力発電の風車も、かなり近い場所にある。そして今日はよく動いている。

「見て、天泣《あまな》き地蔵《じぞう》が、ここにも転々とあるわね」

「……不気味だな。どいつもこいつも空を見上げて」

それは、山の縁に大小ずらずらと並んでいたり、芝生の中心にポツポツと散らばっていたり。それぞれが喜怒哀楽の感情を露《あら》わにし、涙を流して天を拝んでいる。

パラグライダーのパイロットらしき人や、親子で公園にピクニックにきている人などで賑わっているのに、その景色のあちこちに天泣き地蔵が映り込むのは、どこか妙な感じがしてしまう。

秋嗣さんが、軽くこの場所について教えてくれた。

「ここは月人信仰の聖地のような場所でね。天泣き地蔵はその名残でもあるし、今も多くの学者が研究をしているものだ。死んだ祖父《じい》さんも、そうだった。ずーっと、この地の伝承について調べてて……」

秋嗣さんは何を思っているのか、そこで言葉を止め、目下の天日羽の町並みを見下ろしていた。

「お父さーん」

そして、芝生で遊ぶ莉子ちゃんと希ちゃんに呼ばれ、慌ててそちらへと向かった。

私と馨は、しばらく芝生の公園を散歩し、天泣き地蔵を見て回っていたが、馨がある場所でしゃがみこんで、足元の小さな天泣き地蔵を観察していた。

怒った顔で天を仰ぎ見ている、地蔵。

「馨、どうしたの？」

「これ……」

馨がその石像に触れ、何かブツブツ言う。

すると、周囲の景色の色合いが一気に塗り変わり、トーンダウンした感覚を得る。

これは、狭間《はざま》結界に入り込んだ時と似た感覚だ――

「何、これ……」

ザー、ザーッ。

古いテレビの砂嵐のような音が、途切れ途切れに響く。

そして、こちらの世界とあちらの世界が、視界の中で交互に切り替わる。

こちらは昼間なのに、あちらは真夜中。

こちらは賑やかな子どもの声が聞こえるのに、あちらは常に砂嵐の音。

そして、視界はある瞬間から、現実ではない世界のみを映していた。

砂嵐の音も消え、周囲はすっかり、無音である。

「ここは……」

人が、いない。

だけど天泣き地蔵に似たものがある。

さっき山頂で見ていたものより、はるかに巨大で、ずらずらと列を成し、道を作っている。その道の先には、壊れかけた水晶の鳥居と、巨大なお社が鎮座している。

お社の背後には、壊れた三つの風車が突き刺さっていて、その真上に巨大な満月を掲げている。現実世界の風力発電の風車とは違い、それは、もう動かぬ古代の代物のようにボロボロで、苔《こけ》むしていた。

私と馨は、お互いに顔を見合わせ、社の方へと歩んだ。

社の手前に、夜空を鏡のごとく映し込んだ湖があり、そこには巨大な満月も沈んでいる。

そして、満月の映る水面《みなも》の真上に、目元を布で隠した緩やかな着物姿の青年が一人、ふわふわと羽衣をなびかせて立っていた。

何だかすごく、寂しそう。

だがその光景は、羽衣の青年が私たちに気がついたことで、再び砂嵐によって乱される。


——羽衣を持たぬ者、入るべからず。


脳内に響いた、誰かの厳かな声。

「……いっ」

「馨!?」

直後、馨が頭を抱えてその場に膝《ひざ》をついた。私は馨の肩を抱く。

「どうしたの馨、頭が痛いの!?」

「……断ち……切れねえ……っ、なんだこれ」

この空間にコンタクトしようとしている馨に対し、その繋《つな》がりを利用して、攻撃を仕掛けているのだ。

狭間結界のエキスパートである馨が、こんなに苦しめられるなんて……っ。

私は考える間も無く自分の親指を噛《か》み、血を数滴その場に撒《ま》き散らし、両手を合わせた。

強制的に、馨とこの結界の繋がりを切ったのだ。

馨自身が切れないのなら、私が破壊の血の力を使い、断ち切る他なかった。

「……っ、真紀、お前。狭間結界を……」

「狭間結界——遮断！」

「…………」

驚く馨の真横で、私は前を見据えていた。

プリズムが目の前を走り、世界の色が現実味を帯びていく。

あちら側の景色が、遠のいていく。あの青年の姿も——

私たちはまた、当たり前のように、さかずき山の芝生の公園の上で、二人寄り添ってしゃがみこんでいた。

目の前で、一般人たちが楽しげにピクニックをしている。

「ハッ」

眩《まばゆ》い光から放り出された感覚のせいか、なかなか言葉が出なかったが、私たちはどうやら現実世界にちゃんと戻ったようだ。

「馨、大丈夫？　体に支障はない⁇」

無理やり馨の術を遮断したので、馨に何か影響があったらどうしよう。

心配だったが、馨は首を振り「平気だ」と言う。

そして、その深い黒の瞳《ひとみ》で私をじっと見つめる。

「お前、狭間結界を使えたんだな」

私は小さく口を開き、またキュッと唇を結ぶ。

そして、強い彼の眼差《まなざ》しから視線を逸《そ》らし、クスッと笑った。

「……そりゃあ、あんたが使ってるの、ずっと見てたからね。でも、あんたほど大したことはできないわよ」

「…………」

馨はまだ何か言いたげだったが、それを飲み込み、先ほど見た世界についてこう述べた。

「さっきのも、やはり神域や狭間結界の類《たぐい》だな。この山頂に、かなり大規模なものが構築されているようだ。だが、俺の知っているその手の結界とは、何かが少し違う。構築素材を調べようとすると、エラーが出て、激しい頭痛に見舞われた。まるで調べるのを阻止されたかのように」

「……エラー？」

馨ほどの狭間結界の使い手でも、読み取れない構築素材だったと言うことかしら。

「それに、どうやらあの狭間には、厳重に〝鍵《かぎ》〟が設定されている。それもかなり強力な縛りだ」

「もしかして、その鍵が、羽衣？」

馨は「おそらくな」と頷《うなず》いた。

「なら、スミレお婆さんが帰りたい場所って、月ではなくあの空間なのかもしれないわね」

今まで得た情報から、そう考察した。

すると馨は「おお」と驚いたような顔をして、

「お前、珍しく冴《さ》えてるじゃないか」

「それどういう意味よ。私だって頭で考えて答えを出すこともあるわよ」

そう。普段は暴力頼みだとしても。

やっと少しだけ、点と点が線でつながって来たような気がする。

だけどまだ分からないことがある。もしここがスミレお婆さんの帰りたい場所ならば、あの世界はいったい、何なのか。

目元を隠したあの青年は、いったい何者、なのか。

あの青年も、あやかしのような感じではなかった。未知なるものとの遭遇に、やはりゾクゾクッと寒気がしてきて……

「おーい、二人とも。そろそろ下りるよ〜」

ちょうどその時、秋嗣さんが私たちを呼ぶ。

莉子ちゃんが土産物屋で買ってもらったという、赤い花のようなかざぐるまを、山の強い風に当てて、カラカラと回していた。


早めの夕食を外で食べ、まだ明るいうちに朝倉の家に戻った。

秋嗣さんは私たちを玄関前に降ろすと、

「僕は明日の、鯉のぼり祭りの打ち合わせがあって、今からまた出て行かなきゃいけないんだ。夜遅くまで帰れないけれど、今日は雅子《まさこ》姉さんが家にずっといるから安心して。二人はゆっくりしていてね」

「はい。今日はあちこち連れて行ってくださって、ありがとうございました」

「いえいえ。どういたしまして。僕も天日羽を紹介できて楽しかったよ」

明日は端午の節句で、鯉のぼり祭りというのが天日羽の河原で催されるらしい。秋嗣さんは役場の人なので、そちらの手伝いに向かったのだった。

雅子おばさんが家に居るということだが、確かに彼女が、縁側でタバコを喫《す》いながら、何となくこっちを見ている。

ここに来てから、雅子おばさんが馨と何か話をしたかというと、そうでもない。

おばさんは、あまり、私たちに関わらないようにしているのかもしれない。

天女の件も気になるが、こちらのことも気がかりだ。

少しでもいいから、関わりあってほしいと思うのだけれど……

お留守番していたおもちは、こちらで出来たお友だちと、お部屋でずっと遊んでいたみたいだ。持ち帰ったやせうまを出してあげると、小さなペン雛《ひな》、山河童《かっぱ》、子豆狸が群がって分け合って、仲良く食べている。うん、可愛い。いい子たち。

「おい真紀、希ちゃんがトランプやろうって」

「トランプ？　でも、スミレお婆さんの件はどうする？」

「どうにもこうにも、みんなが起きている間はどうせ何もできない。夜中に行動開始だ」

「そうね……今夜はきっと、徹夜だわ」

私たちがここに居られるのは、明日までだ。

おもちのお友だちは夜になり帰ってしまったので、おもちにはまたぬいぐるみに化けてもらい、居間の方へと連れて行った。希ちゃんたちは座卓にトランプを並べて枚数を確認している。随分と年季の入ったトランプだなあ。

「このトランプ、懐かしいな。まだこの家にあったんだ」

馨は懐かしそうに、そのトランプを一枚手に取った。

「うん。都会の人は、トランプとかしないかもしれないけど」

希ちゃんはちょっと恥ずかしそう。なので私は人差し指を立てて、

「そんなことないわよ。トランプって言ったら、馨は最近、カジノのポーカーでイカサマして勝ったばかりだものね」

「えっ、都会の高校生はカジノに行くの⁉」

あ、まずい。これは非日常の出来事だった。

希ちゃんが興味津々の一方、莉子ちゃんは私の抱えるペン雛のぬいぐるみが気になるようで、「うわあ、ペンギンの赤ちゃんだ〜」と、ほっぺをむにむにしている。

そしておもちを連れて行ってしまった。おもち……ファイト……

「ねえねえ。カジノってどんなところなの？　有名なセレブいた？」

「いや、違うんだ希ちゃん。カジノのアプリゲームがあるんだよ。それで」

「へええ。馨にいちゃんもアプリゲームとかするんだね」

「ああ、ああ。もちろんっ」

そして馨が怖い顔してこちらを振り返り、小声で「こらっ」と言った。

「変なこと言うなよ、真紀」

「ご、ごめん。最近のトランプの思い出はあれが一番強烈で……」

マフィアと大妖怪《ようかい》と海外のモンスターが乗った豪華客船のカジノルームで、極悪ぬらりひょんと駆け引きした、なんて話、のどかな田舎で語ることじゃあ無いわね。

だけど、あれも私たちの、もう一つのリアル。

私たちの事情を知っている人じゃないと、きっと信じることはできない。

そう……。だから、何も言えなくなって、馨は家族と距離を作った。

「で、何をするんだ？」

「大富豪」

「大富豪か〜。昔もここで、みんなでやったな。大人も子どもも交ざって。革命はアリか？」

「アリにしよ」

馨が座り、希ちゃんがトランプを切っている。

私は思いついたことがあって立ち上がり「先に始めてて！」とみんなに言って、バタバタ慌ただしくその場を離れた。

「そうだ……」

さっき、雅子おばさんは縁側でタバコを喫ってた。

あの場所に、おばさんはまだいて、

「あら。どうしたの、真紀ちゃん」

私が近づくと、少しびっくりした顔をしていたけれど、無視するでも煙たがるでもなく、おばさんは気さくに話しかけてくれた。

「あの。おばさんも、一緒にトランプやりませんか？」

「……トランプ？」

おばさんはタバコを、そばに置いていた灰皿に押し付け、火を消す。多分、私が近寄ったから気を使ってくれたのだろう。

「馨が、嫌がるでしょ。私は遠慮しとくわ」

そして、僅《わず》かに視線を落とす。目元はどこか、寂しげで。

「そんなこと無いです！　馨、言ってました。子どもの頃、ここで、みんなでトランプをしたって」

「…………」

おばさんは、窓辺にもたれて、長く息を吐く。

「昔の話よ。今はもう、馨に負担かけたく無いっていうか。秋嗣が勝手に連絡して来させたみたいだし。真紀ちゃんにも、迷惑かけたわね。せっかくの連休だったのに」

「いいえ。いいえ」

私はフルフルと首を振る。

やっぱり。おばさんは、ちょっとだけ怖いんだ。

馨を傷つけた過去があるからこそ、安易に近寄り、また彼を傷つけてしまわないか、臆《おく》病《びょう》になっている。

だけどそれは、馨に対する愛情でもあるのよ。

馨が嫌いなら、そんなこと考えたりしない。

「お願いです。どうか、少しだけ……」

「……真紀ちゃん」

私たちは、明日、ここを発《た》つ。

それまでに、何か一つでも、きっかけがあれば。馨と雅子おばさんがお互いの心に触れ合う瞬間があればと願っている。

「雅子……雅子……」

その時だ。

縁側の奥の陰っている場所に、ひっそりと老婆が立っていて、私も雅子おばさんも、多少なりとも驚いた。

「あ、スミレさん……」

そして、雅子おばさんは慌ててスミレお婆さんに駆け寄る。

「どうしたの？　どこかへ行きたいの？」

「行きたい……行きたい……あの山に……」

「それは無理よ、スミレさん。ほら、お部屋へ戻りましょう」

「羽衣。羽衣……どこ……」

「スミレさん、そんなものは無いのよ」

親身に語りかけ、世話をする雅子おばさん。

そして、慣れた様子で彼女を離れへと連れて行く。私はどうしようかと思ったが、扉の開け閉めを手伝ったりして、二人について行くことにした。


離れは簡易な和室で、中央に介護用のベッドが置かれていた。

枕元には千代紙で折った様々な動物が置かれている。鶴、カエル、うさぎ、猫……

これは、もしかして千代童子《ちよどうじ》の折ったものだろうか？

雅子おばさんが、スミレお婆さんを抱えてベッドに寝かせるのを手伝っていると、おとなしくしていたスミレお婆さんが、不意に私の手に触れた。

「スミレ……お婆さん？」

私を見上げるスミレお婆さんの瞳《ひとみ》に、とても純粋なものを感じる。

そして、老婆の力とは思えないほど強く、スミレお婆さんは私の手を握りしめた。

その一瞬、とても奇妙な感覚を得た。繋《つな》ぎあった手から、お互いの〝何か〟が輪を描いて巡り合ったような……

「お前さんも……大事なひと……長く、離れ離れ……だったんだね」

「…………」

「私も、会いたい……会いたい」

「スミレお婆さん、あなた……」

共鳴。

感じ取れたのは、長く募らせた、深く悲しい、恋しい感情。

会いたい、会いたい、という気持ち。

なぜか、無意識のうちに涙が一筋流れた。

スミレお婆さんは、私と同じ。同じなんだ……

事情はわからなくても、それだけが、際立って理解できる。

「真紀ちゃん？」

「あ、す、すみません」

私は自分の涙を、慌てて袖《そで》で拭《ぬぐ》う。おばさんに、妙に思われてしまったかもしれない。

スミレお婆さんは、その後、スウッと眠りについてしまった。

「ご、ごめんなさいね、真紀ちゃん。驚いたでしょう。スミレさん、もうかなりの高齢だから、時々変なことをしたり、変なことを言ったりするの」

「い、いえ……」

雅子おばさんは申し訳なさそうに私に謝ったが、私は首をふるふると振るった。

スミレお婆さんは、まるで自分の気持ちを理解できる者を、長い間探していたかのようだった。見開かれた目の、純粋な色の瞳が、忘れられない。

私は彼女の耳元で「少し、待っていて」と囁《ささや》き、雅子おばさんと一緒に離れを出た。

それで、すっかり私は本来の目的を忘れそうになっていたのだけれど、

「で、トランプだっけ？」

「え、あ。はい……っ！」

まさかおばさんから、また話題に出してもらえるとは思わなかった。

「まあ……真紀ちゃんには手伝ってもらっちゃったし、少しくらい、いいか」

長い髪をかき上げ、まるで自分にそう言い聞かせるようにしてつぶやくと、雅子おばさんはスタスタと居間へと向かったのだった。


「あ、雅子伯母《おば》さん」

私がおばさんと一緒に戻って来たからか、希ちゃんは少しぎょっとしていた。

馨は顔にこそ出さなかったが、内心びっくりしている感じね。

「トランプ、何をやるの？」

おばさんが、希ちゃんの隣に座りながら、尋ねた。私は馨の隣に座る。

「……大富豪だと」

そう、馨がポソッと答えた。

「大富豪。懐かしいわ」

おばさんもまた、ポソッと返す。お互い、あまり顔は合わせずに。

うーん、もどかしいな。

だけど言葉を交わそうとする意思は感じる。頑張れ、馨、おばさん……っ。

しかしテーブルを囲んで皆で真剣に競い合うトランプの威力は凄《すさ》まじく、始まってしまえば、誰もが白熱して、時に笑い、時に悔しがり、楽しんでいる。

私の心配をよそに、おばさんもさりげなく馨に話しかける瞬間があって。

「うわっ、革命かよ」

「あんたって普段淡々としてるくせに、意外と顔に出るタイプだったのね」

「うっ、うるさい。強い手札温存しすぎた……っ」

それが何だか、母と息子らしい会話だなと思って、ちょっとホッとする。

お互い無意識で言葉を交わし合って、後からハッと意識するんだけど。

「最下位は真紀だ。俺はこれで上がり」

「げっ」

馨と雅子おばさんに気を取られていたせいか、私はいまいちトランプに集中できず、これで三連敗。とほほ……まあ、いいんだけどさ。

「なんか腹減って来たな」

「夕ご飯早かったもんね。うちもお腹減ったー」

一通りトランプで遊んでしまうと、馨と希ちゃんは少し小腹が空《す》いてきたようで、雅子おばさんは「そういや」と立ち上がる。

「あんたたちが持って来た、亀十《かめじゅう》の最中《もなか》、昼間に開けちゃったんだけど食べる？」

「はや。お供え物、もう開けたのかよ」

いよいよおばさんにもつっこみ出した馨。

多分本人は気づいていない。いいぞ、いいぞ。

「早く食べないと、賞味期限来ちゃうしもったいないでしょ。亀十の最中、久々に食べたけど、やっぱりあそこのお菓子は美味《おい》しいわ……」

そう言いながら、おばさんが隣の台所から最中を並べた菓子器を持って来た。

そして、おばさんは少しばかり馨の様子を窺《うかが》いつつ、

「馨、あんたもしかして、私がこれ好きだったの、覚えてたの？」

そう尋ねた。

「さあ。たまたまだ」

「……そう」

せっかくの母子の会話も、淡白に終了。

だけど、菓子折りを亀十の最中にしようって言ったのは、他ならぬ馨だった。

私はもうちょっと日持ちする方がいいんじゃないって言ったんだけど、馨が頑《かたく》なに、こ

れにしたがったのだ。……もうっ。馨ったら、素直じゃないんだから。

夜の八時頃。みんなで亀十の最中や、おかきや、雅子おばさんが買って来てくれていたアイスを食べながら、再び大富豪の真剣勝負。

「ああ、また負けちゃった」

「お前、強いカードを先に出す癖があるからなあ」

「あんたは温存するタイプよね。ふん、わかってるんだから」

「そういうことは、一回でも俺に勝ってから言え」

「きっ、今日はなんか調子が悪いのよ！」

いつの間にか、普段通りの痴話喧嘩《げんか》を始めてしまっている私と馨。

周りが黙って私たちに注目している視線を感じ、ハッと我にかえる。

「馨にいちゃんと真紀ちゃんって、恋人同士っていうより、もう本当の夫婦みたいだね」

と、希ちゃんがアイスキャンディーを舐《な》めながら。

「この二人は、昔っからこうだから。ほんと、出会った時からずっと。不思議で仕方がなかったわ」

やれやれと首を振っているのは、雅子おばさん。

「このペンギンの赤ちゃんかわいいねえ～。莉子ちゃんも欲しい～」

小さな莉子ちゃんだけが、ぬいぐるみのおもちでままごとをして遊んでいる。

ぺ、ぺひょ……おもちが何か言いたげな視線をこちらに向けている。

「そういえば莉子ちゃん、前にこの家で知らない女の子を見たって言ってなかった？」

私は莉子ちゃんの注意を別のものに惹《ひ》きつけるべく、その質問をしてみた。

「うん！　そうだよ。千代ちゃんって言うの。おはじきしたり、あやとりしたり〜」

すると、希ちゃんが嫌そうな顔して、

「きっとそれ、莉子の夢だよ」

「夢じゃないもん！　本当にいたんだもん」

ブーッと、膨れっ面になる莉子ちゃん。おもちがコロンと、莉子ちゃんの腕から転がって落ちたので、私はそれを机の下から引っ張って救出した。

希ちゃんは莉子ちゃんの見たものを頑なに信じたくないようだったが、私と馨は、莉子ちゃんが遊んだと言う女の子の正体を知っている。

莉子ちゃんが嘘を言っていないこともわかっているのに、それを認めてあげられないのは、何とももどかしい。

「その女の子……私、知ってるかも」

そんな時、雅子おばさんが、ふとポツリと呟《つぶや》いた。

「私も子どもの頃……仏間で知らない女の子と遊んだことがあったわ。黒髪のおかっぱで、赤いちゃんちゃんこを着てるの。あやとりしたり、おはじきしたり、折り紙折ったり」

「…………」

私はハッとした。

それは確かに、この家に住む、座敷わらしの千代童子だったから。

「そう！　莉子ちゃんと遊んだ千代ちゃん、そう！」

莉子ちゃんがワッと喜びに満ちた顔をして、雅子おばさんに抱きついた。

「うっそー。伯母さんまでそんなこと言うの⁉　やめてよ～」

「あはは。だって忘れられないんだもの。ちょうど、お母さんが……あんたたちが会ったことのないお祖母《ばあ》ちゃんが死んじゃった後、だったかな」

おばさんは莉子ちゃんの頭を撫《な》でつつ、どこか遠い、幼い頃のことを思い出しているように、密《ひそ》かに微笑んだ。

「私、仏壇の前でお母さんの写真を見ながらずっと泣いてた。その時、いつの間にか寄り添って慰めてくれて、遊んでくれたのよね。知らない子だなって思ってたんだけど……あれ、今思うと、何だったんだろう。座敷わらしとかじゃないよね。なんて。ふふっ」

改めて、驚いた。

雅子おばさんは、あやかしを見たことがあるのだ。

馨が一番意外そうな、だけどどこかあどけない顔をして、自分の母を見つめている。

馨のその表情が、私にはなぜか、凄《すご》く凄く切なくて――

「ああ〜、ヤダヤダ。なんか怖くなって来ちゃった。この家そもそも座敷わらしとか出そうだもん。今日寝られなくなったら、伯母さんのせいだからね！」

「あー、ごめんごめん希ちゃん」

おばさんはククッと笑って、希ちゃんの背をさする。

そして、スマホを見て「おっ」と声を出すと、

「ちょっと職場から呼び出しくらっちゃった。ささっと行ってすぐに戻って来る。あ、お風呂《ふろ》の準備してなかった」

「ああ、俺がするよ。母さんは早く行ってこい」

「……そう。ありがとう」

今、馨、ここに来て初めて、雅子おばさんのことを〝母さん〟って呼んだ。

おばさんもそれに気がついているのか、少しだけ目をぱちくりとさせている。

馨は言った後から気がついたようだが、平然と風呂場へ向かったのだった。

母親を母さんと呼ぶことなんて、本来当たり前のこと。だけど当たり前のことすら、彼らにとってはもう、当たり前じゃないんだ。

だからこそ、たった一言の「母さん」という言葉が、とても重要な意味を持ってしまう。

「じ、じゃあ、ちょっと行ってくるわ。すぐ戻ってくるから」

たのだった。

「行ってらっしゃーい」

一方、雅子おばさんも少し戸惑いつつ、わずかに唇を震わせながら、裏口から出て行ったのだった。

夜の九時頃。希ちゃんと莉子ちゃんがお風呂に行ったので、私と馨は誰も居ないこのタイミングで、あの離れを訪ねてみる事にした。

だが、スミレお婆さんはもう離れを出て、中庭にある椅子に座って、静かに空を見上げている。さかずき山の真上にある、今夜も綺麗《きれい》な、月を。

さっきまで寝ていたのに……

「こんばんは」

私と馨は、中庭に出て声をかけた。

スミレお婆さんは裸足で、ヨレヨレの着物から見える手足は細く、シワの刻まれた頬の皮膚はたるんでいる。

曲がった腰のせいで上を見るのも辛《つら》そうなのに、それでも、とても遠い場所を見ている。

「羽衣を……羽衣を……」

まるで念仏のように、唱え続ける。

私はスミレお婆さんの前で屈《かが》み、目と目を合わせた。

「羽衣は、さかずき山の上にある、あの世界に行くためのもの？　羽衣はどこにあるの？」

「……あ……ああ……」

スミレお婆さんは顔を上げ、唸《うな》り声を上げて、ポロポロと涙を零《こぼ》した。

私は自分の指でそっと涙を拭《ぬぐ》う。その涙は、とても冷たくて……

「お願いじゃ」

離れの縁側に、いつの間にか千代童子が佇《たたず》んでいた。

「スミレの羽衣を捜してやってくれ。スミレは羽衣を失い、ずっとあちらに帰れずにいる」

悲しそうに眉尻《まゆじり》を下げ、彼女はスミレお婆さんに寄り添って、私たちに懇願する。

「あちらと言うのは、さかずき山の頂上にある、あの世界のこと？」

「……ああ、そうじゃ」

「結局、その〝羽衣〟はどこにあるんだ」

「それがわかっていたなら、苦労はしないのじゃ。ただ、羽衣は、朝倉清嗣《きよつぐ》がこの家の何処かに隠したはず」

その言葉に、私も馨も驚かされる。

「祖父さんが？　それはいったいどう言うことだ」

月人降臨伝説。穂使の滝の天女伝説。さかずき山の頂上にあった異空間。羽衣。

そして、馨の祖父である朝倉清嗣が羽衣を隠したという新事実。

私も馨も、混乱してばかりだ。

千代童子は目を細め、小さな声で語り始めた。

「スミレは三百年も前に天日羽村で生まれた、あやかしを見ることのできた人間の娘」

「さ……っ、三百年前⁉」

それはもう、人間の寿命をはるかに超えている。

「とある理由で穂使の滝に入水《じゅすい》し、さかずき山の〝月代郷《つきしろきょう》〟に招かれた。そして天日羽の守り神である〝月人様〟に嫁ぎ、月の羽衣を纏《まと》う長寿の天女となったのじゃ」

「要するに、神様の花嫁ということ？」

「ああ、そうじゃ」

自《おの》ずと、さかずき山の山頂で出会った、目元を隠した青年の正体も悟る。

「だが、スミレはある時こちらの世界に降りてきて、自分の羽衣を失ってしまった。羽衣は、月代郷へ入るための〝鍵《かぎ》〟の役割を持っている。失ったせいであちらに戻ることができず、最愛の夫とも会えないまま、もうずっと現世に留《とど》まり続けているのじゃ。彼女は人間の時間を取り戻し、みるみる年老いてしまった。もう、長くはないじゃろう」

「………………」

スミレお婆さんは自分の寿命を悟って、最近は特に家の中を彷徨《さまよ》って、羽衣を捜し求めているという。

命が尽きる前に、もう一度、会いたい人がいる。

その気持ちは、私には痛いほどよくわかっていた。

「俺たちは、どうすればいい」

「スミレの羽衣を見つけるしかないのじゃ。かつて、朝倉清嗣が手に入れ、隠した羽衣を」

千代童子は縁側から、外に向かって両手を掲げ、それを開いて無数のビー玉をばらまいた。石の段差でガラス玉のぶつかり合う音、転がる音が響き、波紋のように意識の中に浸透していく。

これは、催眠術の一種だろうか。

「スミレはもう、自らの口で事情を語ることはできないのじゃ。わしが力を貸し、お前たちに教えてやろう。スミレの過去と、朝倉家の連鎖した〝罪〟を」

声が聞こえる。嘆きの声。

死にたくないと、叫ぶ声。

第五話　御伽噺の隠れ里（四）

――そこは、さかずき山の西にある崖《がけ》の頂き。

――真横で滝が流れ落ちている。


「嫌だっ、嫌だ嫌だ嫌だ！」

太鼓の音と、松明《たいまつ》のともしび。

笑顔。泣き顔。怒り顔。

天泣《あまな》き地蔵《じぞう》の顔に似たお面をつけた人々が、ゆらゆらと行列を作っている。

その最後に、目隠しをされ、手を縛られた若い少女がいた。

「死にたくない、死にたくない……っ」

少女は震え、喚《わめ》きながら足を踏ん張っていたが、やがて大人の男たちによって、足に大きな石をくくりつけられ……。

祈りが捧《ささ》げられる中、滝壺《つぼ》に投げ込まれたのだ。

「天日羽《あまひば》の守り神よ、花嫁を遣わせます。どうかその怒りと悲しみを鎮めたまえ」

これは……人身御供《ごくう》だ。

脳裏に映る光景は、昼間に訪れた〝穂使《ほし》の滝《たき》〟だと思われる。

これがスミレお婆さんの記憶だというのなら、彼女はずっと昔に、この天日羽の生贄《いけにえ》として、あの滝に入水させられたのだ。

声がする。彼女の、心の内側の嘆きが聞こえてくる。

○

どうして私が。

どうして私が生贄なんだ。

その役目はあの子のはず。だけどあの子は、私の婚約者と逃げた。

立て続けに台風が天日羽を襲い、村の長老は「月人様《つきびと》がお泣きになるせいだ」と考えた。

月からやってきた我が村の守り神。

その神が一人で寂しい思いをしているのなら、花嫁を献上し、さかずきより溢《あふ》れる涙を止めてもらおう。

村人は忘れかけていた古い月人信仰を思い出し、生贄を差し出す決定をした。

人柱は、若く美しい娘か、身分の高い娘でなければならない。

一番の美人はあの子だったけれど、次の候補は、長老家の娘で年頃だった私。

私は、花嫁と言う名の人柱として、天日羽の守り神に捧げられたのだ。

暗い水底。

冷たい泡と、滝の水に叩《たた》きつけられ、私はどんどん沈んで行く。

苦しい。息ができない。

憎い。憎い。みんな憎い。

返せ。返せ。私の人生を返せ。

消え入りそうな意識を、憎しみの感情で繋《つな》ぐ中、丸い黄色の光が、水底に見えた。

私はそこへ、落ちていったはずだが……

なぜかその丸い黄色の光から手が伸びて、私はぐいと引っ張られる。

引き摺《ず》り込まれたと思っていたのに、どうやら、引き上げられたようだった。

「…………」

ポタポタと水が滴って落ちる音だけがする。

私を引き上げてくれたのは、もの言わぬ一人の青年。

この辺りでは見ない薄金色の髪を持ち、目元を布で覆い隠していた。

変わった模様の着物を纏っている。その神秘的な姿を前に、しばらく言葉が出なかった。

あれ。私、生きてるの？

「あなた、誰？　私を助けてくれたの？」

周囲を見渡すも先ほどまでいた村人は一人としておらず、三本の風車が刺さった古い社と、石像の並ぶ参道、そして背後に掲げる巨大な満月だけがここにある。

ここはいったい……


『私の名は、ツキト。ここは、月の代わりの故郷〝月代郷〟』


その青年の声は、脳内に響いた。

物言わぬ代わりに、意思を伝えることができるようだ。

そしてそれが、私と、村の守り神であるツキト様の出会い。


「ツキト様は、本当に月から来たの？」

『ああ、そうだ。遥《はる》か昔に、雲船に乗って来た』

この月代郷は、ツキト様の故郷を真似して作った結界だという。

雲船はもう壊れて動かないらしいが、この月代郷を維持する遺物となっていると、ツキト様は言っていた。

社に突き刺さった三本の風車も、月の技術で作られた、雲船の遺物だという。

この場所は人間が踏み入ることはできず、ツキト様もまた、下界に降りることはない。

今まで、月人信仰であの滝に落とされた娘は数多くいるそうだが、ツキト様が引き上げることができたのは、私だけだった。

なぜなら私は、人ではないものを〝見る〟力が、幼い頃よりあったから。

彼は、見捨てられた私を〝月代郷〟へと導き、やがて私を妻として側に置いてくれたのだった。

下界の人間は月人様の花嫁を〝天女〟と呼び、月人信仰の傍でひっそりと祀《まつ》った様だ。

浮き世より隔離されたこの世界の、ゆったりとした時の流れの中で、私はツキト様と静かな愛を育《はぐく》んだ。

裏切られた悲しみ、死を前に感じた恐怖と苦しみを、じわじわと癒《いや》していったのだ。

『この羽衣は雲船の遺物で作ったものだ。風を操り、空をも飛べる』

ある時、ツキト様が私に、彩雲の輝きを宿す美しい羽衣を与えてくださった。

ずっとここにいて、私が暇にしていると思ったのだろう。

口は動かず、目も布で覆っておられるが、ツキト様はいつも優しく、私を労《いたわ》ってくれていた。

『これがあれば、あちらとこちらを出入りすることもできるが、決して人間界に戻ってはいけないよ。その羽衣は人の心を奪う。もし羽衣を奪われ、失ってしまったら、月代郷には戻れない』


だが、私はツキト様の注意を忘れて、ふと自分の母のことを思い出してしまう。

この羽衣があれば、母に会いに行けるかもしれない、と考えてしまったのだ。

私が生贄となることを最後まで反対し、泣き崩れていた母。元気にしていると、一言でも伝えられたなら……

私は羽衣で風を纏《まと》って空を飛び、さかずき山の麓《ふもと》にある川を越えて、人間界に舞い戻る。

しかし、村の様子はすっかり変わっていた。

私が気づかぬうちに、時は既に二百年以上が経っていたのだった。

まるで、竜宮城《りゅうぐうじょう》から戻った浦島太郎《うらしまたろう》のよう。

自分の父と母はもうこの世におらず、見知った人は誰一人として見つからず、ただこの村には変わらず天泣き地蔵だけがあって、私は途方にくれた。

もう、ツキト様の元へ戻ろう。

そう思い、さかずき山と村の境界にある川へと戻ったが、久々の人間界に疲弊したのか夏の日照りに当てられたのか……

意識が朦朧《もうろう》とし、私は倒れ、そのまま気絶してしまった。

「──大丈夫ですか!?」

声がして、口に流し込まれた水の冷たさに、私は飛び起きた。

私の周りには、見知らぬ村の人間たちがいた。

名前は？　どこから来たの？　どうしてこんなところにいるの？

「あ……。あ、あ……わ、たし……」

人間たちの問いかけに対し、私はうまく言葉が出てこなかった。

ツキト様との長い生活の中、意思の疎通は言葉が無くても平気だったから。

やがて、私は気がついた。

気を失っている間に、自分が、羽衣を失ってしまっていること。

それは、もう二度とツキト様の元へ戻れないことを意味していた。

きっと人間の誰かが羽衣に魅せられ、それを奪ったのだ。

行き場のなくなった私を、この辺の地主であった朝倉《あさくら》家が、住み込みの使用人として雇ってくれた。朝倉家は、あの長老家の直系の子孫でもあった。

この家の長男である朝倉清嗣《きよつぐ》は、私の第一発見者。

羽衣を失くしたと、拙《つたな》い言葉で必死に訴えたら、あの子だけは真剣に受け止め、必ず捜すと言ってくれたのに……

ある時から、あの子は何かを隠しているように、私を避けるようになった。

羽衣について、きっと、何かを知っているに違いない。

もし、羽衣の在《あ》り処《か》を知っているのなら、お願い。

お願い。お願い。

羽衣を、返して。

〇

ふっと、意識が現実に戻る。

私は目をパチパチとさせ、頭を振ったりして、意識を現実に慣らした。

馨《かおる》もまた一度目を閉じて、長い深呼吸をしてから、再び眼を開く。

「まあ、事情はなんとなくわかったな」

「ええ」

スミレお婆さんの悲しみや寂しさが、痛いほど伝わって来た。

自分の命を救ってくれた人ならざる者に恋をして、夫婦となったという、その過程と境遇は、かつての茨木童子《いばらきどうじ》に少し似ている。

「羽衣を捜し出さなくちゃ……っ」

「ああ。当然だ」

スミレお婆さんは、中庭の椅子に座り、背中を丸めてまた眠ってしまっていた。

馨がスミレお婆さんを抱えて、開いた縁側から離れに入る。

そして、ベッドに寝かせて、切なげに彼女を見下ろしながら、

「祖父《じい》さんが、羽衣のことを本当に知っていたのなら、手がかりがこの家にあるかもしれない。それを探し出して、羽衣を見つける。何としてでもスミレ婆さんにお返しする。それは……朝倉家の子孫でもある、俺の役目だ」

それは、酒呑童子《しゅてんどうじ》の生まれ変わりだから、ではなく。

朝倉家の血を継ぐ、一人の人間、天酒《あまさけ》馨として。

先ほどの記憶が正しければ、朝倉家はもともとこの地の長老家だった。すなわち、スミレお婆さんは馨の遠い先祖である。

因縁は巡り巡って、この家に収束した。

死んだ祖父がやり残したことを、馨は背負うと覚悟したのだ。

「難解な事件だけど、きっとこの事件を解決できるのは、あんたと私だけよ。きっとお婆

さんは、事情を理解できる人間が来るのを、ずっと待っていたのよ」

「ああ」

私たちは、彼女の抱える痛みすら理解できる〝夫婦〟でもある。

「千代《ちよ》、お前は羽衣の在り処について、何も知らないのか」

千代童子《どうじ》はふるふると首を振る。

「……朝倉清嗣は、よくこの家を出て何かをずっと調べていたのじゃ。私はこの家以外で起こったことには、干渉できない。ただ、清嗣はこの家にいる時は、だいたい書斎にいたのじゃ。あやかし除《よ》けのお札を貼っていたので入れなかったんじゃが」

「お札を？」

私たちは顔を見合わせ、お互いに妙な顔になる。

眠っているスミレお婆さんを千代童子に任せ、急ぎ、母屋へと戻ったのだった。


朝倉清嗣の書斎は、朝倉家の母屋の、最奥にあった。

「ここへは誰も入ってはいけないと、何度か注意されたことがある。確かに変なお札貼ってあるなーとは思ってたんだよな。でも田舎の家では鬼門なんかにもお札を貼ってたりするから、それほど気に留めなかったんだが……」

馨が、開きづらくなっていた部屋の襖《ふすま》を無理やり開ける。

襖には確かに無数のお札が貼られていた。どこで手に入れたんだろう。

そもそも、あやかしの入れないお札を貼っていたということは、あやかしの存在を認識していたということになる。馨のお祖父さんは、いったい……

「しっかし、書物だらけの部屋だな」

中は埃《ほこり》臭くて、本で溢《あふ》れていたが、主人が亡くなったからといって片付けられている様子では無かった。

埃を被《かぶ》った本棚が壁際に隙間なく並べられていて、タイトルを見る限り、この天日羽についての文献や、他の地域の伝承を記した本もある。

また、竹取物語《たけとりものがたり》、一寸法師《いっすんぼうし》、桃太郎《ももたろう》、浦島太郎《うらしまたろう》など、古い日本の物語のタイトルもある。

他にも、妖怪《ようかい》図鑑や、陰陽《おんみよう》術……

驚いたことに、大江《おおえ》山《やま》の酒呑童子や茨木童子に纏《まつ》わる本まで。

「祖父さんが、この手のことをこんなに調べていたとは知らなかった。天日羽の伝承を調べる研究者だったとは聞いていたが」

「私さっきから思ってたんだけど……まさかあんたのお祖父さん、見えていた人、じゃないわよね」

「まさか。それなら、俺が気づかない訳が無い……と思う」

ただ確信は無いのか、馨は顎《あご》に手を当て、唸《うな》りつつ、

「もしかしたら、認識だけはしていたのかもな。子どもの頃に見たことがある、とか、あやかしの存在を信じるに至ったきっかけがあった、とか」

その可能性はあるかもしれない。この辺りは、莉子《りこ》ちゃんや雅子《まさこ》おばさんのように、子どもの頃にそれらと触れ合っている人間が多いと聞いた。

私たちは、それ以上考える時間も無く、再び部屋を探り始めた。

何より羽衣だ。羽衣に繋《つな》がるヒントを、探し出さなければ。

「これ……」

机の上に紙の束があり、それをパラパラとめくっていると、鉛筆で描かれた落書きのようなものがあった。緑色の丸い河童、二足歩行のうさぎ、桃色のカエルなど。

その中に、この家の座敷わらしである、千代童子に似た女の子の絵もあった。

あと、これは、鬼？　金棒を持った赤い鬼の絵も……

「んん？」

ちょっと待って。これ、赤い鬼が〝羽衣〟を纏っているわ。

そして、その傍らに小さく〝山嵐〟と書かれている。

山嵐ってどこかで聞いたような……

「ねえ、馨」

ヒントになるのではないかと思い、その絵を馨に見せようと思ったのだが、馨は部屋の隅っこに立ち、天井をじっと見つめている。

「馨、何しているの？　サボってないでよ」

「違う。ちょっと静かにしろ」

そして何を考えたのか、馨は長い箒《ほうき》を手に取り、天井を小突く。すると、天井板の一角が外れた。

「わっ、ゲホゲホ」

大きな埃が落ちてくる。

私はむせ込んだが、馨はすぐに椅子を持ってきてそれに上った。開いた場所から、天井裏を覗《のぞ》くつもりだ。

「真紀《まき》、お前は椅子を押さえてろ」

「むしろあんたを持ち上げましょうか？　そっちの方が手っ取り早いわよ」

「いーや、それは遠慮しとく」

というわけで、馨が天井裏に顔を突っ込んで何かしているのを、私は椅子を支えて足元で待つ。

馨は「何かある」と言って、天井裏に手を伸ばし、それを引っ張り出して椅子から飛び降りた。馨が手につかんでいたのは、平たく錆《さ》びのついた缶である。

「お菓子の缶だわ」

「だがお菓子を隠していた訳じゃないだろ。……なんだ、これ。手帳？」

お菓子の缶を開けると、そこに入っていたのは、分厚い手帳のようだった。

馨は手帳を取り出し、それをパラパラめくる。私も馨の傍に立ち、同じ速度でそれを読む。

『天日羽は御伽噺《おとぎばなし》の隠れ里。だけど本当のことは、僕以外、誰も知らない』

手帳の始まりには、そう書かれていた。

中身はほとんど、走り書きのようなメモだった。

天日羽の地図のようなものも挟み込まれていて、あちこちにバツが描かれている。まるで、日々この天日羽を歩き回って、何かを捜して潰《つぶ》していたかのように。

『天女の羽衣は、この周辺の山々を移動する〝山嵐〟が持っている』

とあるページに、強調するように何重もの丸で囲まれ、そう書かれていた。

「山嵐？」

先ほど机の上で見つけた、赤い鬼の落書きの傍にも、山嵐と書かれていた。

私は手に持っていたその紙を馨に見せながら、

「山嵐ってこれよ。さっき、机の上で見つけたの。お祖父さんが描いたものに違いないわ」

それは、羽衣を纏《まと》った巨大な赤鬼の絵。

「そういや……天日羽には鬼が暴れまわった伝承もあると、秋嗣《あきつぐ》さんが言ってたな」

馨がもう一度手帳をめくると、手帳のカバーにスミレの押し花が貼られた便箋《びんせん》が挟まれていて、私と馨は顔を見合わせた。

そして、便箋を丁寧に開き、中を確認する。

驚いたことに、そこには朝倉清嗣がスミレお婆さんに宛《あ》てたであろう、謝罪文が書かれていた。

『スミレさん、すみません。天女であるあなたの羽衣をお返ししたかったけれど、どうにも僕の命が持ちそうにありません』

羽衣を、返す……？

『あなたの羽衣を手にしていると、幼い頃に見たあやかしたちをもう一度見ることができた。それが嬉《うれ》しくて、つい、もう少し持っていたいと思ってしまったのです。すぐにお返しするつもりが、さかずき山の麓《ふもと》で横暴な山嵐に奪われてしまいました。もうお返しすることはできないかもしれない。羽衣の輝きを失った私には、もう、アレらは見えない。見える者がいなければ、山嵐は捕まえられないから』


その謝罪文で、私も馨も、ある程度を悟る。

要するに、スミレさんの羽衣を最初に持っていたのは、やはり朝倉清嗣だったのだ。

だけど、もうこの家にはない。別の〝何か〟が奪っていった。

「それがおそらく、山嵐という赤鬼、か」

「そういうことだわ。いったい、どこにいるのかし……ハッ」

その時、私は思い出す。

今日見に行った〝穂使《ほし》の滝《たき》〟で、手鞠河童《てまりかっぱ》たちが荷物を背負って移動しながら、ブツブツ呟《つぶや》いていたこと。

「そういえば、穂使の滝の手鞠河童たちが〝山嵐〟って囁《ささや》いてたかも。端午の節供の前夜に、あの滝で酒盛りをしに来る、とか。あと、御伽噺に復讐《ふくしゅう》するとか言ってたわ。意味不明すぎて、スルーしてたんだけど」

「御伽噺に復讐、か。とにかく赤鬼を探す必要はありそうだ」

「ええ。急いで穂使の滝に行きましょう。端午の節句の前夜って、今夜のことよ」

「……ああ」

見えてきた。繋がってきた。羽衣を巡る不思議な事件の、解決の糸口。

だが、朝倉清嗣の書斎を出ようとしたところで、

「ちょっと、あんたたち、いったい何してるの⁉」

職場の呼び出しから帰ってきた雅子おばさんに見つかった。

最近亡くなった父親の書斎で、やたらと埃まみれになっている私たちに、ぎょっとしているのである。当然だ。

「捜し物をしていたんだ。スミレ婆さんの大事なものを、祖父《じい》さんが失くしてしまったらしいからな」

「……はい？」

おばさんの反応に、馨は僅《わず》かにバツの悪そうな顔になる。

母に、また変な事を言っていると思われたかもしれない……

そう考えているのが、手に取るようにわかるわ。

「あの、おばさん！　さっきスミレお婆さんが母屋の方に来て、私や馨に、事情を教えてくれたんです。それで、羽衣をお婆さんに返さないと……っ」

「スミレさんが？　あの人、もうほとんど喋《しゃべ》れないと思うけど」

「そのっ。えっと」

満を持してでしゃばったのに、ほらもう、こんな感じ。

座敷わらしがスミレお婆さんの過去を見せてくれた、なんて言っても、雅子おばさんには伝わらない。

そう。だからいつも、私たちの言葉や行動は、見えない人には理解できない。奇怪でしかない。

だけどここで諦《あきら》めちゃ、今までと同じだ。

私は震える手で、馨が持つ手帳に触れる。

「真紀、お前」

「……馨。お願い。おばさんには、知ってもらわなければ。羽衣のこと。スミレお婆さんのこと。お祖父さんのやり残したこと。馨、あんた自身のことを」

「…………」

馨は、私のやろうとしていることを、察したのだろうか。

今まで以上に複雑そうな顔をしたけれど、拒否することもなく、その手から手帳を離し、俯《うつむ》いた。

「おばさん……」

私のやろうとしていることは、正しいのだろうか。

それとも、間違っているだろうか。

朝倉清嗣の手帳を、私は、手帳の主人の娘であり、馨の母親である雅子おばさんに差し出した。

「これを、読んでください」

雅子おばさんは私と馨のやりとりや、この手帳に、不審な何かを感じ取ってはいただろうが、何も言わず受け取ってくれたのだった。


書斎にあったソファにおばさんを座らせ、時々点滅する電球を頼りに、手帳を確認してもらう。

ものの数分だが、あまりに静かに時が過ぎていくから、何時間もそこに突っ立っていたかのよう。それほど、緊張した時間だった。

馨はさっきから俯いたまま。

書斎の引き戸も、おばさんがここへ来た時に開けられたまま。

希《のぞみ》ちゃんや莉子ちゃんは、もうお風呂《ふろ》から上がっただろうか。

私たちが居なくて心配していないかなと思っていたけれど、居間の方からテレビの音や、希ちゃんの好きと言っていたアイドルの歌や、秋嗣さんの声も聞こえて来たので、少しホッとする。寝る前の自由な時間を、好きなように過ごしているのだろう。

私たちは、今まさに直面している事件を、解決しなければ。

雅子おばさんは、この手帳を確認し終わったのか、そっと閉じた。

「これ、どういうこと……？　天女って、何？　スミレさんのこと？」

当然の疑問だ。おばさんは眉《まゆ》を顰《ひそ》めていた。

馨はいよいよ顔を上げて、しっかりとした口調で告げる。

「母さん。スミレさんは多分、半分人間だけれど、半分人間じゃない」

「何言ってんの、あんた」

そこまで言って、雅子おばさんは咄嗟《とっさ》に口元を押さえた。

もしかしたら、その言葉は、かつて馨に何度も言ったことのある言葉なのかもしれない。

馨の表情は、今までで一番緊張していた。怯《おび》えているようにも見える。

こんな馨は、ほとんど見たことがないくらい。

「馨……」

雅子おばさんもまた、馨のその怯えた表情に、ちゃんと気がついている。

おばさんも、馨のこんな表情は、初めて見たのかもしれない。

「まあでも、あの浮き世離れしたお婆さんなら、人間じゃないって言われても驚かないかも」

「……へ？」

おばさんがボソッと呟いた言葉に、私も馨も、少し面食らった。

「で、いったい何な訳？　天女って？　人間じゃないって言ってたけど、あんたどうしてそれがわかるの？」

しかしその存在を説明するには、あることを告げなければならない。

口を開けて、閉じる。それを繰り返してばかりの馨。

私は馨の手を取り、励ますようにぎゅっと握りしめた。

「真紀……」

「馨。言うべきよ」

それは、とても勇気が必要なこと。

「今、雅子おばさんは、馨の話を否定していない。何でかわかる？　馨のことを、わかろうとしているのよ。それに、ちゃんと応《こた》えてあげて」

私には、最後まで出来なかったこと。

だからこそ、馨には、自分の言葉で告げてほしい。

馨は覚悟したようにスッと顔を上げ、

「なあ、母さん。俺が……」

ほぼ同時に、私の手を、縋《すが》るようにぐっと握りしめた。それはもう、痛いほど。

「人間じゃないものを、生まれた時からずっと見ていると言ったら、どうする？」

雅子おばさんは大きく目を見開き、黙って馨を見つめ続けた。

なかなか言葉が出てこないのも当然だ。

馨自身も、それを伝えたことが正しいのかわからないというように、自信なげに目元に影を落としている。

唇の震えを隠すように、それをキツく結んでいる。

もし、このカミングアウトが受け入れられなかったらと、母親の次の言葉を恐れて。

「……それが、本当なら、辻褄《つじつま》の合うことが、たくさんあるわ」

だが、おばさんから出て来た言葉は、意外なものだった。

馨はゆっくりと視線を上げる。

おばさんは、どこでもない場所を見つめて、抑揚なく続けた。

「あんた子どもの時、よく変な場所を見てた。何も無いところで、誰かと話をしてたりしてね。そこに何かあるの、誰かいるのって聞いても、首を振るばかりだったけど……最初は、子ども特有のもんだと思ってたのよ、私」

まるで、馨の幼い頃のことをいくつか思い出すように。

「だけど、どこかでそれが〝変〟だって気づき始めた。あんた、よく怪我をして、家に帰って来たでしょう。転んだ怪我には見えなくて、どうしたの、誰に傷つけられたのって聞いても、大丈夫だってクールに答えて、泣きもしないで」

「…………」

「何をどう聞いても、あんたは何も教えてくれなかった。病院や警察に行こうとしたら、私の手を振り払って、強く私を睨《にら》んだわ。『やめろ』って」

「…………」

「それがね……凄《すご》く怖かったのよ。どこでそんな、拒絶の〝目〟を覚えたのかわからなくて、子ども相手に、体が震えてしまったの」

「……母さん。ごめん」

馨にも覚えがあるのだろうか。

彼は苦々しい顔をして、また目を伏せ、ポツリと一言だけ謝った。

雅子おばさんは、ただただ苦笑した。

「私、何度かあんたの側で、妙な気配を感じた経験があるの。怖気《おぞけ》がして、気分が悪くなった。何かがずっと、あんたの側にいるような気がした」

包み隠さず、おばさんは告げる。

抱え込み続けた、本心を。

「ずっと、妙だと思ってた。母親なのに、あんたがいったい〝何〟なのかわからなかった。だから私、母親として自信が無くなっちゃったの。さらに言うとね……私よりずっと、真紀ちゃんの方が、あんたのことを知っているみたいで……真紀ちゃんに比べたら、私は、必要ないみたいで」

そしてちらりと、おばさんは私の方を見た。

私はおばさんの言葉を、逃げることなく受け止める。

ええ、知っていたわ。おばさんが、私に対して苦いものを抱えていたこと。

「もしかして、真紀ちゃんもそうなの？　馨と同じものが見えるの？」

「……はい」

私は確かに頷《うなず》いた。隠す必要が、もう、無いと思ったから。

「そう。なら、なおさら、納得がいったわ」

そしておばさんは、長く息を吐く。長い髪を肩から払い、耳に掛け直し、改まって馨に問いかける。顔を伏せてばかりの馨に。

「人間じゃ無いって、何？　妖怪《ようかい》とか、幽霊とか、そう言うの？」

「まあ、そうだな……」

「このスミレさんの件も、あんたの言う、人間じゃ無い何かに関係することなの？」

「……ああ」

雅子おばさんは受け入れてくれているのか、それともヤケクソなのか。

馨の方は現実感のない反応をしてばかりだが、雅子おばさんは怯《ひる》むことすらなく、ぐいぐいと馨に問いかける。

「どうして、もっと早くに教えてくれなかったの？　教えてくれたら、今までずっと、不気味に思ってたあんたの行動や言葉を、理解できたのに」

「…………」

「……いえ、違うわね。理解なんてしない。言えるはずないわ。あの頃の私や、あの堅苦しい父親じゃあ。あんたのせいじゃ無い……ごめんなさい」

雅子おばさんは顔を横に振りながら、告げられた様々な事情や情報を前に、混乱する頭を何度も何度も何度も整えようとしている。

そうやって、馨を必死に受け止めようとしているのが、私にはわかる。

否定している訳では、決してない。

だけどまだ、少しだけ、信じられずにいる。

当然だ。おばさんにはそれが、見えないのだから。

「それで、なんで今更、私にそれを言う気になったの。あんたの性格だったら、きっと、最後まで言うつもり……無かったでしょ」

「なぜだろう。この町にきて、今ならば、信じてもらえるかもしれないと、思ってしまった。俺のことを、わかってもらえるかもと……」

馨は淡々と答えた。言うべきだったのか、そうでなかったのか、その人に近づいていいのか、離れたほうがいいのか……色んな感情を堪《こら》えながら。

本当に受け入れてもらえたのかわからなくて、まだ距離を測っているように見える。

「だけど、すまない。気味が悪いよな、こんなの。怖がらせるだけだ」

だけど雅子おばさんはケロッと答えた。

「別に。正直なことを言うと、スミレさんのお世話をしていた時、うわ言のように呟《つぶや》いていた言葉と一致する点があるのよね。羽衣とか。天女とか」

そして雅子おばさんは、膝《ひざ》の上の手帳に視線を落とし、古いカバーを撫《な》でる。

「でも、この手帳の文字は紛れもなく父の筆跡よ。あの人が死んで、色んな書類とにらめっこしたから、わかるの。父さんは変わった人だったけど、決して、嘘をつく人じゃなかった……」

そしてまた馨を見上げた。

「で、あんたどうするつもりなの」

「俺は、スミレ婆さんに羽衣を返してあげたい。祖父《じい》さんのやり残したことは、俺が解決しないといけない気がする。見えている俺が」

馨は眉を寄せた表情のまま、

「母さん、頼む。俺と真紀を、今すぐ穂使の滝に連れて行ってくれ」

そう言って、自らの母に頭を下げた。私もまた、馨の隣で同じように頭を下げる。

切実な頼み方に、おばさんもまた私たちを見つめ、ゆっくりと息を吐く。

「……わかったわ」

一応、了解してくれた。

全てを信じ切れている訳ではないだろう。まだ、何一つ、本当のことは理解していないだろう。

だけどおばさんは、とにかく、馨を信じようとしているのだ。

かつて、疑ってばかりいた、自分の息子の言葉を。


「ええっ、こんな夜中に出かける⁉」

歯磨きをしていた秋嗣さんが、素《す》っ頓狂《とんきょう》な声を上げた。

テレビを見ていた希ちゃんもまた、キョトンとしている。

莉子ちゃんはいつの間にか、おもちのぬいぐるみを抱っこしてソファの上で寝ていた。

私はコソコソッと、莉子ちゃんの腕の中からおもちを救出する。お疲れ様、おもち。

「いったいどうして？　どこへ行くんだい、姉さん」

「だって、馨がどうしても真紀ちゃんと夜のドライブがしたいっていうから」

「ちょ、母さんっ！」

こっぱずかしい理由をつけられた馨は、顔を赤らめ慌てていたが、これ以上うまい言い訳も思いつかず、おばさんの後ろで「うぐぐ」と悔しそうにしている。

まあまあ、お年頃の男子っぽくていいじゃない……と、肩をポンポン。

「姉さんお酒飲んでないよね？」

「飲んでないわよ。……馨の前で飲む訳ないでしょ」

そしておばさんは、車の鍵《かぎ》を持って私と馨に言いつけた。

「馨、真紀ちゃん、行くわよ。私の車に乗りなさい」

裏口の電球の明かりを頼りに、馨はおばさんの隣の席に、私とおもちは後部座席に乗り込む。

おばさんはおもちの存在に気が付いていなかったが、実はもうただのペン雛《ひな》姿で、さっきからずっと、大きなあくびをしている。

車の窓から、離れの外廊下に立つ、あの千代童子が見える。

彼女は心配そうに窓ガラスに手をついていたが、私は「待っていて」と、音もなく口だけを動かした。

田舎の夜は驚くほど暗く、静かな道路を私たちの乗る車だけが進む。

穂使の滝への道は舗装されていて夜中でもスムーズに行くことができたが、そこへ近づくほどに、私も馨も、あやかしたちの落ち着きのない霊力を感じ取っていた。

駐車場に車を停めてもらい、馨は雅子おばさんにここで待つようにと言う。

「はあ？　なに言ってんのよ。子どもたちだけで行かせるわけには」

「だがこの先は危険だ。俺や真紀ならともかく、母さんは普通の人間だし……」

「なんであんたと真紀ちゃんは平気なのよ」

「それは」

あやかしが見えるということは理解してもらっても、私たちはまだ、とても大切なことをカミングアウトしていない。

それは、前世が〝最強の鬼夫婦〟であったこと。

「とにかく、ここで待っていてくれ。山嵐から羽衣を奪い返したら、ちゃんと戻ってきて説明するから」

「羽衣を奪い返すって……ちょっと、馨！」

馨は車から降りる。

「おばさん。この子を少し預かっておいてください」

「え？　なにこれ」

「ぺひょ〜」

片方のフリッパーを挙げて、雅子おばさんに挨拶《あいさつ》をするペン雛のおもち。

「き、きゃあああああっ！」

おばさんの悲鳴を背中に聞きながら、私たちは霊力の匂いの濃い、滝の方へと急いだ。

おもち、おばさんをしっかり守るのよ。

何かあった時、おもちの鳴き声は私たちによく聞こえるから。


「見ろ、真紀。あれ」

草むらから、ワイワイガヤガヤと、人ならざるものたちで騒がしい河原を観察する。

「鬼、ね」

「中級以下ばかりだが、鬼、だ」

どこか田舎くさい巨漢の鬼たち。人に化けることもなく、角を晒《さら》して河原でバーベキューと酒盛りをしている。

どいつもこいつもひと昔前の暴走族のような出《い》で立ちで、土手の上にバイクを並べ、逃げ遅れた川の手《て》鞠河童《まりかっぱ》たちや山の化け狸たちをこき使って、オラオラ意気がっている。

「なに、あれ。今時珍しいけれど、群れて偉そうにしてる鬼の軍団？」

「そうらしいな。山嵐ってのは……どうやら鬼個体の名前じゃなく、集団の名前だったようだ」

というのも、鬼たちが羽織っている長ランのようなものに、堂々と「山嵐見参」とか「四露死苦《よろしく》山嵐」とか「矢舞亜乱死《やまあらし》！」などと書かれているから。

ツッパリ系？　やっぱなんか、古いな～～時代が。

だが、朝倉清嗣の部屋にあった鬼のイラストは、赤鬼だったはず……

「そうだ親分！　あの話してくださいよ。羽衣の！」

そんな時、痩《や》せた黄鬼が酒瓶を掲げながら、誰かにそう投げかけた。

すると、奥にいたとある鬼が、のっそりと立ち上がる。

「ああ、あれか。よーし」

あ。赤鬼だ。しかもリーゼント。

赤鬼だが赤ら顔がよく分かる酔っ払った姿のまま、大きな岩の上に立ち懐から何かを取り出した。

「あ……っ」

それは光彩を放つ半透明の羽衣で、風も無いのにふわふわと浮き、細かな輝きを立ち上らせている。天上の月に向かって、キラキラ、キラキラ……

赤鬼はそれを、得意げに腕に絡めた。

「びっくりするくらい似合ってねーな」

「綺麗《きれい》な羽衣がもったいないわ」

ボロクソに言ってしまったが、本音だ。

ツッパリ系の赤鬼は、ただただ自慢げにそれを見せつけ、武勇伝を語り始める。

「これは、さかずき山の山頂にコソコソ隠れ住む月人とか言うのが、月の技術で作ったと言われてる天女の羽衣だ。風を操り、雨を降らし、嵐を巻き起こすことができる。空を飛ぶことだって可能なんだぜ」

そして赤鬼は足元に渦を巻くような風を纏《まと》い、その場で浮いてみせる。

飛ぶと言うか浮いてるって感じだけど、一応飛んでる。堂々と腰に手を当てて。

手下の小鬼が「どこで手に入れたんでやすか！」と問いかけた。多分、ここにいる鬼たちは何回も聞いてそうな話だけど。

「ふん。とある人間から奪ってやったのさ。そいつも羽衣を天女から盗んだワルだった。これを持っていると人間でもあやかしが見えるようだからな。その人間は羽衣を持って、天日羽のあやかしを見て回り、何かコソコソ調べてやがった。人間にあやかしが見えたってろくなこたーねえ。羽衣だって宝の持ち腐れだ。だから俺様が奪ってやったのよ！」

ツッパリ系の赤鬼が、羽衣を身につけたままゲハゲハ笑っている。

そして、真上の月を指差しながら宣言した。

「これさえあれば、かつて俺様たちを落鬼《おちおに》にして、こんな田舎に追いやった〝英雄〟どもに復讐《ふくしゅう》ができる！　桃太郎にも金太郎《きんたろう》にも、一寸法師にもな！」

「おおおおおおお〜〜」

「我らは最強の鬼軍団、山嵐！　そして俺様は歴代最強の赤鬼だ！　明日《あした》は端午の節句。鬼退治した英雄たちを持ち上げる最悪の日だが、この日こそ鬼たちの復讐劇に相応《ふさわ》しい。散りぢりになっていた鬼たちもやっと集まった！　まずは鯉のぼり祭りをめちゃくちゃにしてガキどもを盛大に泣かした後、風のごとくバイクを走らせ上京だ！　東京で暴れまわって、人間どもに目にもの見せてやる。端午の節句を鬼の祭日にしてやるのさ！」

「おおおおおおお〜〜っ！　嵐を巻き起こしてやるぞ〜〜〜」

パラリラパラリラ。

私は何だか、凄《すご》くしょうもないものを見ているのではないかと思い始めていたが、馨は真面目な顔して「なるほどな」と。

「こいつらは鬼の〝落人《おちゅうど》〟の集団だったのか」

「落人？」

「昔、戦に敗れて逃げ延びた連中のことさ。平家の落人伝説とか言うだろう。さっき頭っぽい赤鬼が言っていたが、こいつらは桃太郎、金太郎、一寸法師などに代表される鬼退治で敗れて、ここまで逃げてきたんだろう」

「ああ～。ここが御伽噺《おとぎばなし》の隠れ里、と言われるだけあるわね」

だが、私たちにとっても他人事《ひとごと》ではない。

ここにいる鬼たちをよくよく観察してみると、

「どこかで……見たことある鬼も、ちらほらいる気がするんだけど……」

「金太郎の話で敗れた鬼は、要するに大江山の鬼だ。ここに大江山の残党の鬼がいてもおかしくない。情けない話だがな」

「なんか複雑だわ。凹《へこ》んできた……」

金太郎とは、私たちにとって因縁のある坂田金時《さかたのきんとき》のことである。

坂田金時は源 頼光《みなもとのよりみつ》の四天王の一人だった。今でこそ、子どもたちのための童話で物語はかなり簡略化されていて、金太郎はあたかも英雄のごとく描かれているけれど、あいつほど残酷で、人間として大切なものがぶっ壊れていたヤツもなかなかいなかったわよね。

「なんだかんだ、繋《つな》がってるんだな。俺たちの敗北が、こんなところで」

「ええ……そうね。ならば、落とし前をつけるのも私たちでなくては」

御伽噺の隠れ里。

まさか、千年前の私たちの物語とも繋がっていたなんて。

私たちはもう隠れることなく草むらから出て、酒盛りに興じる鬼たちに、堂々とその姿を晒《さら》した。

「こどもの日に子どもを泣かすなんて言ってる情けない鬼は、どこのどいつかしら？」

「バイクで東京に乗り込んで暴れるなんて、お山の大将こじらせた真似はやめておけ。陰《おん》陽局《みようきよく》の退魔師どもに瞬殺されるぞ」

聞き捨てならないセリフに、

「お山の大将、だと〜〜？」

羽衣を持ったリーダー格の赤鬼は、長いリーゼントと羽衣を揺らして振り返った。

「親分、こいつら人間のくせに、俺たちが見えてるようですぜ⁉」

鬼たちはざわついた。小鬼、鬼火、黄鬼、青鬼、なまはげっぽいのもいる。

親分の赤鬼は、額に筋を浮かべたまま私たちを睨《にら》みつけ、嵐の前の静けさのごとく淡々と問いかけた。

「かつて、俺様は見える人間に遭遇した。だがそいつは羽衣を持っていたからだ。お前たちは何だ。なぜ俺様たちが見える……？」

「そりゃあ、そういう人間だからよ」

私はと言うと、すぐそこにあった魔改造バイクの真横に突き刺さっていた「四露死苦山嵐」の旗を抜いて、布のところをビリビリと破り捨てた。欲しかったのは棒のところ。

「あああああっ」

「てめー、俺たちの大事な旗を！」

「しかも親分の大旗！」

鬼たちが怒りの声を上げていたけれど、私はそれを無視して棒をその場で振って、腕慣らし。

「てめえええっ、明日のために新調した旗になんて事を！」

「まあまあそう言わないで。どうせ――」

私はその棒を持ったまま、猪のごとく前へと突進。

「今夜でいらなくなるんだから！」

狙うは、羽衣を持つ赤鬼の親分。

だが、そいつは風で覆った足で地面を蹴《け》り上げ、ふわりと宙に逃げる。

そして鬼の子分たちが、私の行く手を阻むように壁を作った。鉄パイプや金属バットなどヤンキー風の輩《やから》もいれば、刀や金棒を振り回す本格派もいる。

だが、新旧よりどりみどりの鬼たちを全部まとめて、

「月まで飛んで行きなさい！　さよなら場外ホ――ムランッ！」

細い棒で孤を描き、雑魚《ざこ》どもをぶっ飛ばし、一掃。

ギャグ漫画みたいに「あー」と叫びながら、散り散りに吹っ飛ぶ鬼たちに対し、穂使の滝の手鞠河童たちもまた「あー」とその様を見送っていた。

「あ、どこかの誰かが金棒落としてったわ。こっちに換えよう」

私はのんきに武器を交換。やっぱり鬼には金棒だわ。

「真紀、後ろ！」

馨の叫び声とともに、背後に迫ってきたのは、殺気混じりの風の刃《やいば》。

馨が私の周囲に結界を張ってくれていたのを知っていたので、微動だにせずただただそちらを見据えていた。

「な……っ」

風は透明の壁に弾《はじ》かれ、軌道を予想外な方向へと変えて周囲の木々をなぎ倒し、河原の岩を綺麗に分断する。

あれに当たったら、ひとたまりもないわね……

「馬鹿野郎。舐《な》めてかかるな真紀！」

「舐めてないわよ。あんたに守ってもらいたかっただけ」

「……くっそう！　くっそう！」

馨は謎に悔しがっていたが、まあ痴話喧嘩《げんか》している場合ではない。

私は金棒をドカッと肩に乗せ、先ほど風の刃を放った赤鬼の親分を睨む。

「どう言う事だ。羽衣の風が効かねえだと……っ」

赤鬼の親分は纏《まと》う羽衣の力を使って宙に浮いたまま、ギリと歯を食いしばった。

それにしても、なんて力を持った羽衣。

私は台風の後のような周囲の光景を見渡して、つくづくその威力に感心する。

だけど……あの羽衣は、本来、スミレお婆さんのもの。

人を傷つけたり、何かを壊したりするためのものではなく、ただただ、愛するものへの純粋な贈り物だったはず。

「さあ、それを返してもらうわよ」

私は再び金棒を持ったままダッと飛び出し、赤鬼の親分の目の前で高く飛び上がり、真上からそれを振り落とす。

赤鬼の親分は羽衣を身につけたまま、腰の太刀を抜き私の金棒を受け止めた。

しかし地面にめり込むほどの圧力に、

「ぐ……っ、重っ」

「ふふっ。そんなんじゃあ、最強の赤鬼の名が泣くわよ。それを名乗るつもりなら、元祖最強の赤鬼である私を倒してからになさい！」

「ぐうう……っ！」

押しつぶされそうになりながらも、鬼の親分は羽衣の力で私の軽い体を弾き飛ばした。

まるで紙切れのように高く空を舞い上がる私に向かって、

「刻め！」

容赦無く、風の刃を放つ。

空中で体勢を整え、金棒をぶん投げてそのほとんどを散らしたが、おかげで重りが無くなり、私はまた体勢を崩し、風に煽《あお》られる。

「真紀！」

川中に向かって落ちていく私を、馨が宙でキャッチして、川の真ん中にあった大きな岩の上に着地した。

「ナイスキャッチ馨。ちょっと楽しかったかも」

「馬鹿野郎。アトラクションじゃねーぞ」

こちらであれこれ言い合っている一方で、河原の鬼たちはたじろぎ始める。

「こいつら普通の人間じゃねえ」

「親分の十八番《おはこ》である風の刃が、あんなに簡単に封じられるなんて」

「ええい、怯《ひる》むな！　奴らは川に囲まれている、逃げられない！」

そんな中、ちょっとだけやる気のある中級の青鬼が、手下どもを引き連れ、川に向かって突撃。

「あれ？　お前見たことある顔だな。もともと大江山にいたか？」

「……へ？」

川中の岩の上から、中級の青鬼に対し、馨が問いかけた。

青鬼は最初こそキョトンとして馨を見上げていたが、

「……そんな」

その眼差《まなざ》しを知っていれば、彼が何者であるのか、悟るのにそう時間はかからない。

じわじわと目を見開き、大きく口を開けて、青い顔をもっと青くさせている。

「あなた様が、あなた様が、なぜこんなところに……っ」

体が自然と動いたと言うように、バッと青鬼はひれ伏した。お許しください、お許しくださいと、額を水面にバシャンと叩《たた》きつけて。

「まさか」

「そんな……っ」

気が付いたのは、何もその青鬼だけではないようだ。一部の鬼たちが川の中に刀を落とし、自ら跪《ひざまず》く。

月をバックに、馨は凛《りん》とした存在感を醸していた。

「我が王、我が王」

「我が王のご帰還だ……」

その姿を拝み、その名を出すことすら恐ろしいというように、鬼たちは泣き続ける。

だが理由のわからない者たちからすれば、この光景は異様に映っているだろう。

赤鬼の親分は、

「おいこらてめーら！　何挫《くじ》けてやがる！　人間のガキに怯《ひる》んでいる様じゃ御伽噺への復《ふく》

讐《しゅう》なんて無理だぞ！」

しかし先ほどまで沸き起こっていた威勢の良い返答はない。

もともと寄せ集めの鬼の集団だったのだろう。一部が戦意喪失したことで、戸惑いが広がっている。

「諦《あきら》めなさい。あんたじゃ馨に勝てない。もちろん私にも」

私はいまだ馨に抱きかかえられていたが、ひょいと飛び降り堂々と告げた。

「降参なさい。そして羽衣をおとなしく渡しなさい」

赤い霊力を秘めた瞳《ひとみ》が、鬼たちを見渡す。

「奥方様だ……っ」

「奥方様まで」

「そういえば噂で聞いたことがある。茨木童子様は、浅草《あさくさ》の地で人の子としてご復活なされたと」

「ならば、酒呑童子様も現世に再び降臨なされたのか」

徐々に徐々に、目の前にいる二人の人間の正体を理解し始める。

鬼の世界において、ただの小僧と小娘に見える私たちが、いったい何者であるのか。

これもまた御伽噺《おとぎばなし》の裏話。

いや、御伽噺の続きとでも言うべきか。

かの有名な鬼夫婦、酒呑童子と茨木童子は、人間に生まれ変わったのでした――

「酒呑童子と……茨木童子……だと？」

事の真相にやっと気が付いた赤鬼の親分。だが羽衣を手放すまいと、ひしと摑《つか》み、ギリギリと歯をくいしばってこちらへ敵意を向け続けている。

「その羽衣の力で鬼たちの信望を集めたんでしょうけれど、それは本来、あんたのものじゃないわ。こちらに寄越《よこ》しなさい」

「偉そうに言いやがって。てめえに返す義理もねえだろうが！」

それは確かに。

だけど私たちは、それをスミレお婆さんに返す約束をしている。

「そんなに言うなら、鬼らしく奪い返すまでだ」

「もちろん。元祖赤鬼は私だし」

「元祖赤鬼に妙なこだわりを持っているのはいったいなんだ？」

馨と私は岩の上から川の浅瀬に飛び降り、ひれ伏していた鬼たちが差し出す刀を受け取り、何度か振るって空を切る。

ああ、これは。無名だが、大江山の工房で作った刀だ――

下っ端たちはすっかり毒気を抜かれ、河原の手鞠河童《てまりかっぱ》たちと一緒になって観戦モード。

あとはあの親分をどうにかするだけ。なのだが、緊迫した空気の中、気の抜ける鳴き声が聞こえた。

「ぺひょ、ぺひょ」

そう、あの声だ。

「……え？」

なぜか鬼の親分の足元に、ペン雛《ひな》のおもちが呑気《のんき》な顔してポツンと立っている。

そして、赤鬼の親分の脇から垂れ下がった羽衣を、物珍しげにちょいちょいと引っ張っていた。

引っ張っていたら、それがスルリと地面に落ちる。

おもちキョトン。手触りの良い羽衣にスリスリしたり。

「ぺひょ？」

お、おもち――っ。

赤鬼の親分、足元のおもちに気がついた。

「ん？」

おもちもまた、鬼の強面《こわもて》に気がつき、ビビってフリーズしている。

「こ、こらペンギンちゃんっ。こっちに戻ってきなさい、馨に怒られちゃうでしょう私が」

さらには赤鬼の背後の草むらの後ろから、人間の声がした。これは雅子おばさんの声だ。

「ぺっひょ～っ！」

おもちは羽衣を摑んだまま、慌てておばさんのいる草むらまで戻った。

私たちがマズいと思った時にはもう、赤鬼の親分は潜む獲物に狙いを定め、太刀で草むらを薙《な》ぎ払う。

草むらの一帯が斜めに一直線、綺麗《きれい》に切れ落ち、その鋭い風圧で、おばさんは横髪をひと房切り落とされ、頰にピッと薄い傷ができた。

「きっ、きゃあああああああ」

だがそんなことよりも、おばさんは尻餅《しりもち》をついたまま目の前の化け物に絶叫する。

おもちを抱きかかえていることで羽衣に触れ、この瞬間、恐ろしい赤鬼を目視したのだった。

「人間の女め、俺様の大事な羽衣を返せ！　返せえええええっ」

赤鬼の親分はおもちの持っていた羽衣を引っ張って奪い返し、雅子おばさんとおもちに向かって太刀を振り上げる。雅子おばさんはおもちを抱きしめ、庇《かば》おうとしていた。

「母さんっ‼」

馨が飛び出し、母である雅子おばさんと赤鬼の間で、その太刀を真正面から受け止めた。

「この人に怪我させたな……っ、てめえ、絶対に許さないからな！」

馨は珍しく感情的に刀を振るい、赤鬼の親分を押し返す。

そのまま打って、打って、打ち込んで、赤鬼を圧倒し、彼女から退けたのだ。

おばさんはおもちを抱えたまま、馨が戦うその様子を、刮目《かつもく》していた。

「くそっ、くそう！　かつて人間に滅ぼされた鬼なんぞに、負けてたまるか！」

赤鬼は川の反対側の岸まで退避し、羽衣を掲げて、それをぐるぐる振り回す。

すると、赤鬼の頭上に巨大な竜巻が発生し、周辺の岩や、先ほど切り倒された木々が宙を舞った。

「ぶっ潰《つぶ》れてしまえ！」

強風により飛び交う岩のほとんどは馨を目掛けて放たれたが、その一つが、雅子おばさんの真上に落ちようとしていた。

「きゃあああっ！」

「母さん――――っ！」

馨は間に合わない。

だから、雅子おばさんの目の前でその岩を受け止めたのは、私だ。

「……え？」

巨大な岩を、この細腕で軽々受け止めた私を、おばさんはあり得ないというような驚愕《きょうがく》の顔をして見上げていた。

私は岩を片腕で持ち上げて見せ、ドヤ顔。

「馨のお母さんは、私の大切な義理のお母さんでもあるのよ。今わざと狙ったでしょう？　怖いもの知らずがいたものだ……わっ！」

なんてことない。そのままキャッチアンドリリース。

赤鬼の親分に向かって岩を投げ返す。親分が風の幕を張って防ごうとしたが、風圧すら物ともせず、隕石《いんせき》のごとく一直線に親分に激突。ぎゃあ、って鳴き声がした。

「アーッハッハ！　ざまーないわ。やはり元祖赤鬼はこの私！」

そして高笑いしつつ、いまだ元祖赤鬼にこだわる私。

「真紀……ちゃん……？」

「ごめんなさい雅子おばさん。でも、これが、私たちの本当の姿なの」

私はそう言ってから、振り返った。

あまりおばさんには見せてこなかった、不敵で強気な笑みを浮かべたまま。

今のおばさんの目には、私と馨の戦う姿は、どう映っているのだろう。

一方、馨は今まさに赤鬼の親分を追い詰めていた。

羽衣を奪い返し、自分の母親を危険な目に遭わせたこの鬼に刀を突きつけ、冷酷な目をして見下ろしている。

「馨」

そんな馨の側に急ぎ、私は首を振る。

「もういいわ。もう、十分よ」

「……真紀」

馨は、刀をその場に落とす。

私もまた、刀をその場に置いて、馨を背中からぎゅっと抱きしめた。

馨は私に「もう大丈夫だ」と囁《ささや》き、私を離し、茂みの裏側でおもちを抱えている雅子おばさんの方へと向かう。

雅子おばさんは蒼白《そうはく》な顔をして小刻みに震えながら、頬から血を流していた。

その姿を見て、馨はグッと表情を歪《ゆが》める。心を痛め、悲しんでいる顔だ。

おばさんの傷は掠《かす》った程度だが、馨にとってそれは決して見たくなかった、あやかしによって傷つけられた母の姿。

鬼を見て怯《おび》える母親の姿に、馨はしばらく、言葉を失っていた。

「……っ。母さん、ごめん、怪我させて」

やっと、そう言葉を絞り出した。

「ちがっ、私が勝手に、来てしまったから。あんたの言うことも聞かずに、来てしまったから」

だから、見てしまった。

あやかしのいる景色を。

普段とは違う、戦い慣れた私たちの異様な姿を。

「これが、あやかしだ。これが鬼だ。ここに居るものが……俺の今まで見ていたもの」

「………」

「そしてこれが、俺だ」

馨は耐えきれず、視線を夜空に向けた。

「気味が悪いだろう。恐ろしいだろう。こんなの……我が子だって思えなくて、当然だ」

そして虚《むな》しく笑っている。おばさんは顔を強張《こわば》らせたまま何も言えずに、ただ馨のその姿を見上げていた。

羽衣に触れたことで、全てを見ていたおばさん。その体には、今も羽衣のきらめきが付着して残っている。

私は、そんな親子をそっとしておき、せっせと赤鬼の親分と鬼の子分たちを河原に集めて、正座させて、反省の弁を述べさせている。

「ううう、あと少しで野望が叶《かな》ったのに。人間に復讐《ふくしゅう》するって野望が」

赤鬼の親分は歯ぎしりしながら悔しがっていたけれど、

「そんなことをしても、過去は変わらないわよ」

そう言って、月夜をバックに、赤い霊力を宿す瞳を妖《あや》しく煌《きら》めかせる。

いつの間にか、隣に馨がいた。彼は羽衣を手にし、私とは真逆の色をした瞳で、目の前の鬼たちを見据えていた。

「やはり、あなた様方は酒呑童子様と、茨木童子様……なのですね」

　手下の鬼たちが、羨望《せんぼう》の眼で私たちを見つめる。かつて大江山で暮らしていた鬼たち。

　私は意味深に微笑んでみせた。

「ここは御伽噺《おとぎばなし》の裏話が集まる町。そういうことにしときましょう。なんせ、かつての戦で逃げ延びた鬼の部下たちが、ちゃんとここで生き続けていたのだから」

　馨もまた、確かに頷《うなず》く。

「ああ。……よく生きていたな、お前たち」

　並び立つ私たちに対し、はは〜と、再びひれ伏す鬼たち。

　立場を奪われた赤鬼の親分だけは、いまだムスッとしているけれど、私はそんな親分の耳を引っ張りつつ、

「アダダダ」

「ところであんたは、いったい何の英雄にコテンパンにやられちゃって、落鬼になんてなったのかしら」

「も、桃太郎だよ桃太郎！　俺様は〝温羅《うら》〟という名の鬼の息子だ」

「……温羅？」

「温羅は遥《はる》か昔、岡山の吉備《きび》地方に鬼《き》ノ城《じょう》を構え、一帯を支配する鬼だった。しかし人間

の英雄、そう、桃太郎の元ネタである吉備津彦命《きびつひこのみこと》によって退治され、息子の俺はこんなところまで逃がされた訳よ。そしていつか人間に復讐してやろうと、力を蓄えていたのだ」

どこか得意げに語る赤鬼だが、

「桃太郎の元ネタだって。馨知ってた？」

「いや、知らねーな」

私も馨も、いまいちピンとこなくて、驚くことも喜ぶことも凄《すご》いと褒め称《たた》えることもできず、キョトンとしていた。赤鬼にとっては期待外れの反応だったみたいで、がっくりと項垂《うなだ》れている。

「まあ、でも事情はわかったわ。ずっと昔のことでも、長生きの鬼にとって、燃え続ける憎しみはあるわよね……」

やり方は違っても、私にだってあった。復讐に燃えていた時代が。

「でも、これからは情けないことしちゃダメ。現代は鬼も真面目に生きて行く時代よ。あんたたちが乗り込もうとした東京は、あやかしが厳密なルールを守ることで生きていける場所よ。悪いことしたら、怖い退魔師のお兄さんたちに調伏されちゃうんだから」

私は赤鬼の親分に特に言い聞かせた。

「今度こそ、あんたがしっかり鬼たちを纏《まと》めて、みんなが幸せに生きていける場所を築きなさい」

赤鬼はぎょろ目をうっと潤ませて、リーゼントを力なく垂れ下げながら頷いた。

羽衣を失った赤鬼に抵抗の意思はすでになく、私たちはいくつか約束事をして、もう大丈夫だと確信し、鬼たちを解放する。

「真紀。帰ろう」

「ええ」

「母さんも。急いで帰って、手当しないと」

「……え、あ、ええ」

雅子おばさんは、いまだ心ここに在らずという感じだ。

帰りの車の中では、静寂がチクチク痛いほど。馨も暗い表情だ。

……間違い、だったんだろうか。

雅子おばさんに、あやかしの存在を知ってもらうこと。

きっと、馨は自分を責めている。雅子おばさんに怪我させてしまったこと。

雅子おばさんがこんなに放心してしまうほど、怖い思いをさせてしまったこと。恐ろしいものを見せてしまったこと。

人ではないものが見えるなど、言わない方が、良かったのだろうか。

何も知らずにいた方が、幸せだったのだろうか。

なら、私のせいだ。私が馨に、それを告げるよう迫ったから……

私は後部座席で悶々《もんもん》と考えながら、羽衣を馨から預かり、大事そうに抱えているおもちの頭を撫《な》でる。

おもちの体に、やけに羽衣の煌めきがくっついているなと不思議に思って、私も羽衣に触れてみた。

その触り心地は一言では言い表せず、あえて言うのであれば、小さな頃に想像した「雲を触ったらこんな感じかしら？」というような手触りだ。

そして、触れた箇所にキラキラした細かな砂のようなものがくっついていて、それがなかなか、取れないのだった。


朝倉家に帰ってきたのは、ちょうど夜の零時前のこと。

母屋はまだ明かりがついていたので通らず、外から直接離れへと向かう。

離れでは、スミレお婆さんが悲しそうな顔をしたまま、静かに寝ていた。

涙を流したような痕《あと》がある。愛《いと》おしい人の夢を見ているのだろうか。

そばで寄り添っていたのは、あの千代童子。

「やっと、見つけたのじゃな」

ハッとしていたのは、雅子おばさんだった。

雅子おばさんは今、おそらく、千代童子が見えている。おばさんの手には、キラキラとした羽衣の煌めきが、今もまだ付着していた。

これが付いている間は、きっと人間でもあやかしが見えるのだろう。

「あなた……」

「雅子。久しぶりじゃのう。泣き虫じゃったのに、随分と大きくなって」

ニッコリと微笑む千代童子。

驚きを隠せず、目を瞬《しばた》かせる雅子おばさん。

対照的な反応だったが、子どもの頃の自分を慰めてくれたその子のことを、おばさんはちゃんと覚えているようだった。

「スミレお婆さん、羽衣、見つけたわよ……っ」

あまりに静かに眠るスミレお婆さん。その痩《や》せ細った手を取ると、スミレお婆さんはスウッと目を開け、目覚めた。

「は……ごろも……を？」

「ええ。そうよ。あなたは月代郷へと帰ることができるわ」

「…………」

落ち窪《くぼ》み、陰ってばかりいた黒目は、まるで希望に満ちた乙女の瞳《ひとみ》のごとく光を宿す。

彼女が起き上がるのを手伝っていると、馨がおもちから羽衣を受け取り、スミレさんと目線を合わせながら、それを手渡した。

「スミレさん。羽衣を、あなたにお返しします。ずっとこのような場所に縛り付けてしまい、すみませんでした。祖父の代わりにお詫《わ》びします」

馨は神妙な面持ちで、しかし確かな言葉で謝罪した。

朝倉清嗣の孫である天酒馨として。

雅子おばさんはそんな息子の姿を後ろでじっと見つめていたが、やがてはっとして、自らも頭を下げる。

「捜してくれた……んだね」

スミレお婆さんは、拙《つたな》い言葉で感謝する。

「羽衣……見つけて……くれた……んだね。ありがとう……っ、ありがとう」

静かに涙を流し、震える手でその羽衣を抱き寄せる。

あるべき主人の元へと返った羽衣は、今までと比べ物にならないほど輝きを増し、細い光をいくつも放つ。その眩《まばゆ》さに、私たちは思わず目を瞑《つぶ》った。

ふわり……

側で、羽衣の柔らかな感触が、足元を掠めた。

スミレお婆さんが、すぐ隣に降り立ったのだ。

顔を上げ、ゆっくりと瞼《まぶた》を開けた時にはもう、彼女はあの皺《しわ》だらけの老婆の姿ではなく、羽衣と美しい絹衣を身に纏う、神聖な天女の姿であった。

「スミレ……さん……？」

雅子おばさんは呆気《あっけ》に取られていた。

キョロキョロして、よく知るスミレお婆さんを捜していたが、

「これがスミレさんの本当の姿だ」

馨によって冷静に教えられた。それでもまだ、目を疑っている様子だったけれど。

襖《ふすま》が勝手に開き、ガラス窓もまた風の力でスーッと開く。

しばらく空を見上げていたが、何かを悟ったのか、彼女はこの離れを出た。

裸足が地面に着くことなく、ふわりふわりと、空気を踏みながら。

「ちょ、スミレさん！　どこへ行くの⁉」

「母さん。彼女は帰ろうとしているんだ」

「帰る？　帰るって、どこへ」

馨は、スミレさんを追いかけようとする自分の母親を制止し、言い聞かせる。

「俺たちに出来るのは、もう、見送ることだけだ」

「……馨」

私たちはそのまま、離れから裏の田んぼの方へと出た。

「あ……」

目の前に広がる景色は、今まで見ていたものと、大きく異なっている。

さかずき山の頂きは、まるで星々が降り積もったゆりかごのごとく、青白い光で満たされていて……

そう。そこにあるのは月代郷。

荘厳な月のお社。

そして、ずっと昔に壊れたと言う、雲船の遺物である三本の巨大な風車。

何より、月。巨大な満月が、さかずき山に落ちそうなほど近い場所で、この天日羽を見下ろしている。

その月が、透明な田んぼの水に、合わせ鏡のごとく映り込んでいた。

水面の月の上には、いつの間にやら一人の青年が立っている。

「ツキト様……」

思わず、その名を唱える。

スミレさんの、大切な旦那様《だんな》だ。

彼は手を差し伸べていた。ゆっくりとそこへと向かう、スミレさんに向けて。

スミレさんは田んぼの水に、零《こぼ》れ落ちる涙で波紋を作りながら、ゆっくりと彼の元へと帰ってゆく。

そして二人は、今、再会を果たす。

言葉は無くとも、ぐいと彼女を引き寄せ、縋《すが》るように抱きしめたツキト様を見ていれば、どれほど会いたかったのかが伝わってくる。

約五十年の間、引き離された人とあやかしの夫婦。

この光景は、私にとって、胸に迫るものがあった。

『ありがとう。天日羽の子どもたち』

そして彼らは、私たちの頭に響く声で感謝を述べると、羽衣の力で旋風を巻き起こした。

突然の強風に煽《あお》られ、雅子おばさんが吹き飛ばされそうになったが、それを馨が引き寄せ、支える。

私はというと、向かい風に立ち向かうように踏ん張りを利かせ、おもちが飛んでいかないよう両手で抱きしめながら、ただただ前を見ていた。

風に乗って、二人は羽衣をなびかせながら夜空を舞う。

キラキラ、キラキラと尾を引く煌《きら》めきだけを残して、天女と月人は山の頂きへと消えてしまったのだった。

と、同時に、視界は砂嵐を伴い、現実の景色に変換される。

先ほどまでの非現実的な美しい月夜ではなく、もう、暗い山のシルエットを当たり前の大きさの月が照らす、静かな夜。

月代郷は、鍵《かぎ》である羽衣以外では入ることの許されない、固く閉じられた、あちらの世界なのだった。

なかなか余韻が抜けず、私たちは立ち尽くしていたが、

「……馨、ごめんね」

雅子おばさんが、そう、静かに呟《つぶや》いた。

馨はすぐ隣にいる母親の方に、顔を向ける。

「母さん……？」

「ずっと、考えていたの。あんたがこんな世界を見続けている間、私、あんたに何を言い続けた……って」

雅子おばさんはまだ、さかずき山の方を見ていた。

先ほどの光景、出来事から、いまだ目を逸《そ》らすことができないと言うように。

「ごめんね。何も知らないで、あんたのこと拒絶するようなことばかり言って……否定するような言葉ばかり投げつけて」

雅子おばさんは、人ならざるものを見た。

人ならざるものが作り出す景色を、非現実的なあちらの光景を見た。

スミレさんが、本来いるべき場所へ帰って行くのを見送った。

今もまだ、瞬《まばた》きもせずに、さかずき山を見続けている。

「ごめん。ごめんなさい……馨。私、何回言った？　その目が嫌いだって、何回も何回も、何回も言った。こっちを見るなって、怒鳴った。こんな……っ、こんな世界を、あんたは、生まれた時から見ていたのに……っ」

「…………」

「こんな、小さな、可愛い可愛い、赤ちゃんだった時から」

そしておばさんは、その場にへたりこみ、震える手で何もない虚空を抱きかかえる。

赤ん坊を、抱くような仕草で。

その言葉に、仕草に、なぜか凄《すご》く、胸を抉《えぐ》られた。

馨もまた、驚いたような顔をして、瞬くことすらできずにいた。

「許して、馨。馨。馨……っ」

その名を付けた時の、幸せと愛を、親であれば忘れるはずが無い。

だけどおばさんは、馨が普通ではないことに、徐々に徐々に気がついてしまった。

鋭いこの目元が、視線が、その瞳が、普通じゃないことを。

何もかもを見透かすような彼の瞳を恐れ、拒絶し、できるだけ見ないようにした。

馨もまた、母親の負担にならないように、できるだけ母を見ないようにしていた。

雅子おばさんはポタポタと涙を落とし、今もまだ、抱え込む空白を見つめている。

この腕の中からすり抜けていったもの。

戻らない日々を、確かに思い知りながら。

「大丈夫。違うんだ、母さん。俺が、臆病《おくびょう》だったんだよ」

馨はそんな彼女を見下ろし、苦いものを押し止《とど》めるように、淡々と語る。

「俺が、諦《あきら》めていたんだ。諦めた方が、ずっと楽だったから」

そして、天を仰ぐ。

瞳から流れ落ちてしまいそうなものを、一粒も零《こぼ》さぬように。

「だけど、いつも心の何処かで、夢見ていた。いつか、母さんが……俺のことを見てくれる日が来るんじゃないかって……。俺を、信じてくれる日が来るんじゃないかって。そんなことを夢見て、夢で終わらせようとしていた。現実から逃げたまま」

「……馨」

おばさんは、自らの力で、立ち上がる。

そして、馨と向き合い、真正面から見つめた。

「ありがとう。……ありがとう、母さん。あなたはすごい。あなたは、俺にたどり着いた。俺から目を逸らすことなく」

ぐっと、言葉を詰まらせて、馨は顔を下ろして、母を見る。

「それがとても、とても嬉《うれ》しい……っ」

その時こぼれ落ちた大粒の涙、その表情があまりに切なく、側で見守っていた私もまた、頬に一筋の涙を流した。

千年、恋い焦がれたもの。

それは、もうずっと夢のように遠いものだった。

どれだけ望んでも、手に入らない。母の理解。母の愛情。母の温《ぬく》もり。

それが欲しいなんて、カッコつけの馨は絶対に言わなかったけれど、腕を目元に押し当てて泣く馨を見て、私はそれを思い知った。

どれほど馨を愛していても、親の愛だけは、私には絶対に、与えられないんだって。

「良かった。良かったね、馨」

正直なことを言うと、大きな喜びの中に、悔しい気持ちが一欠片《かけら》。

「ぺひょ〜」

おもちが私の表情の変化を読み取ったのか、擦り寄って甘えてくれた。

零時を回り、本日は、端午の節句。子どものための御伽噺《おとぎばなし》が、願いが、息吹く日。

そしてここは、御伽噺の隠れ里。

親に捨てられ、親の愛に飢え続けた酒呑童子は、もういない。

第六話　御伽噺の隠れ里（五）

翌日の早朝。

昨日の今日での浅い眠りと、気持ちの良い涼しさの中、慌ただしい足音が縁側をバタバタと行き来していて……

「大変よ！　全部消えちゃった！」

やけにテンションの高い雅子《まさこ》おばさんに引っ張り起こされ、私と馨《かおる》はある場所まで連れていかれる。中庭を挟んだ向こう側にある離れ。

「……あれ？」

ていうか、その離れがない。

昨晩は気がつかなかったが、いつの間にか、中庭は薄紫色のスミレの花園になっていた。

蝶々《ちょうちょう》とか、音もなく静かに飛んでる。

「おはよ〜。どうしたの？　昨晩、遅くに帰って来たみたいだけど」

そこへ、秋嗣《あきつぐ》さんがやってきた。

「秋嗣、離れは!?」

「はい？」

「スミレさんが住んでたじゃない。あの離れ！」

雅子おばさんの言うことに秋嗣さんは目をパチパチとさせて、中庭を見て、首を傾げる。

「離れって何？　スミレさんって、誰？」

「え……」

驚いた。スミレお婆さんがここにいた痕跡《こんせき》が、すっかり無くなってしまっている。場所も、記憶も。

だが、それは〝力〟さえあれば可能なことを、私たちは知っている。一度、そういう経験があるから。

「きっとあの月人《つきびと》様が、後処理までしてくださったんだ。面倒ごとにならないように」

「あの神様、そんなに力があったとはね」

「月の遺物パワーってことだろうか。あの三本の風車が凄いと見た。月代郷《つきしろきょう》の結界柱だったようだしな」

「ほー。なるほどー」

なんて、こっちは勝手に専門的な納得の仕方をしているが、雅子おばさんは頭を抱え、戸惑ってばかり。

私と馨は顔を見合わせた。

雅子おばさんに何の説明もせず、戸惑わせたまま、ここに一人で置いていくわけにはいかない。ちゃんと安心してもらう必要があるだろう。

そう考えるようになっただけ、私たち自身が、以前と少し違う気がする。

その日、帰りの飛行機をキャンセルし、浅草《あさくさ》へ戻るのを一日ずらすことにした。

何より、せっかく分かち合えたあやかしのことを、おばさんともっと話したかった。

それに……私にはまだ、馨について雅子おばさんに知っておいてもらいたいことがある。


「えっ。馨君と真紀《まき》ちゃん、鯉のぼり祭り行かないの!?」

希《のぞみ》ちゃんと莉子《りこ》ちゃんは、午前中から天日羽《あまひば》の鯉のぼり祭りに行くと言って、私たちを誘ったが、私たちはここで留守番をすることにした。

「まあまあ希。馨君たちは明日帰るんだから、今日はゆっくりしたいんだよ」

秋嗣さんだけは、馨と雅子おばさんの関係の微妙な変化に気づいていて、二人がゆっくり話せる時間を作るため、あえて私たちだけを家に残し、娘たちを連れてお祭りに行ったのだった。

「……あら。馨ったら寝てる」

馨の泊まっていた和室に行くと、彼は畳の上にゴロンと横になって寝ていた。

すぐ側には、この家にあった古い写真のアルバムが広げられている。どこで見つけたんだろう。

雅子おばさんや秋嗣さんの幼い頃の写真や、今回の事件の当事者である、今は亡き朝倉《あさくら》清嗣《きよつぐ》さんの写真もあった。

あ。馨が生まれたばかりの赤ちゃんだった頃の写真もある！

「うわあ、うわあ。馨の赤ちゃんだった頃なんて、初めて見たかも。可愛い〜」

馨。六月十三日誕生。３０１２グラム。

私と馨は、幼稚園児の頃に再会したので、それ以前の姿を知らない。思わずニヤニヤしてしまった。赤ちゃんの頃から目元がやたらと涼しげで、黒々した髪もちゃんと生えていて、馨だってよくわかる顔だ。

しかし0歳児とは思えぬふてぶてしい表情……まあそういうところも馨らしいけど。

「馨……」

今世の家族への興味。憧《あこが》れ。願い。

様々な感情が、今の馨には渦巻いているのだろう。

なんだかんだ言って、朝倉家はあやかしに縁のある一族だった。

昨日得た感情を落ち着かせるため、写真を眺めてゴロンと寝転がって、色んなこと考えて……それで、そのままうとうとと眠気が襲って来たんだろうな。

やっと、眠ることができるのね、馨。

「ふふ……。お疲れ様、馨。よく頑張ったわね」

愛《いと》しい彼の頬に触れ、優しく頭を撫《な》でてやる。

そして前髪を払って、そっと、額にキスをした。

私は常に馨ラブではあるが、今日ほど彼を甘やかしてやりたいと思ったことはない。

「ん？」

彼の傍に、コーラの缶が置いてある。

まだ冷たい。開けてもいない。誰かが置いて行ったのかな。


廊下の窓を開け放ち、そこに座って、雅子おばさんはスミレの花園を見つめていた。

のどかで、静かで、もうずっと前からそこに咲いているように咲き誇る、スミレの花。

すぐ隣には、朝倉家の座敷わらし・千代童子《ちよどうじ》が寄り添っている。

「おばさん。……まだ、座敷わらしが見えるのですか？」

「真紀ちゃん」

私が声をかけると、おばさんはとても穏やかな顔をして、小さく頷《うなず》く。

そして、隣にいる千代童子の方に視線を向けた。

「昨晩ほど、はっきりとは見えないけれどね。ぼんやりと、ここにあの子がいるのはわかるの。影が見えるし、声も聞こえるわ」

一度認識してしまったからか、そこにある気配というものが得体の知れないものではなく、小さな頃に遊んだあの子であることを、おばさんは分かっていた。

「いるのねえ、こういう、妖怪《ようかい》って。御伽噺の存在なんだと思ってた」

くすくす笑って、どこか切なげに、再び庭のスミレを見据えた。

「だけど、多分、もうすぐ完全に見えなくなるのでしょうね……」

名残惜しそうに、ポツリと呟《つぶや》く。

昨夜手にした羽衣の、その効力が、切れようとしている。彼女の手に付着していたあの煌《きら》めきは、すっかり弱まっていた。

おばさんの頬には絆創膏《ばんそうこう》が貼られている。昨日、鬼によって付けられた傷だ。

「おばさんは、あやかしが見えたままの方がいいですか？」

「……わからない。だけど、その存在をもっと理解できたなら、とは思うの」

恐ろしい目にも遭ったはずだけど、おばさんはそう言った。

それは、馨のためだろうか。

「不思議なことってあるものね。不思議すぎて、現実なのか夢なのか、昨夜はよくわからなかった。ずっとふわふわとしていて、怖いのか、恐ろしいのかも、わからなかった。だけど朝起きてみると、それがふっと、自分の側に、あたり前に存在しているものなんだって……受け入れられた。なぜかしら」

　生暖かい、優しい風が、開け放たれた窓から吹き込む。

　カーテンが揺れて、私たちの髪も揺られて、眼差《まなざ》しだけがこの風を突っ切って、青い空と白い雲を見上げる。

「だけど、一つだけ、まだ確信が持てない。昨日、馨が私を許してくれたあの瞬間は、本当に現実だったのかしら」

　おばさんは、空に向かって問いかけた。この問いかけに答えるのは、私の役目。

「現実です。あの瞬間を、私は一生、忘れることは無いでしょう」

　あんな風に泣く馨は、初めて見た。

　千年前から抱え込む、母に対する葛藤《かっとう》や心の傷を、馨はやっと乗り越え、救われたのだ。

　私はそのまま、おばさんの隣に座らせてもらう。

「馨は、おばさんが、ずっと好きだったんだと思います。そしておばさんに、お母さんに、愛されたかった」

　おばさんは私の方を見る。

　彼女の目元に、徐々に影が忍び寄り、目を伏せてポツリと零《こぼ》した。

「真紀ちゃん、私がどれほど、馨に酷《ひど》いことを言ってきたのか……知ってる？」

「……おばさん」

後悔の影。それは、馨が許しただけで、本人から消えてしまうものでは無い。

「馨が、中学生の時だったかな。夫婦仲が微妙になり始めた頃で、私は自分に余裕がなくなっていつもカリカリしてた。馨は私と正反対で、常に冷静で大人びていて。だからこそ、あいつが私を見ると、私の中の弱いものや、母親として未熟なものを、見透かされてしまっている気がした。お酒を飲んでは『出来の悪い母親って思っているんでしょ』って、『私を見るな』って馨を怒鳴りつけて、その後あいつを無視し続けたのよ。ただただ、私がダメだっただけなのに」

知っている。その話は、さりげなく馨から聞いたことがあった。

「酷い親でしょ。だけどあいつは平気な顔して、私がいなくても、なんとかやってんの。服を洗濯して、一人でご飯食べて、お風呂《ふろ》を沸かして、勝手に寝て。そして一人で朝起きて、学校に行くの。宿題だってちゃんとやってて、成績も良くて……」

どれほど否定しても、自分とは真逆でしっかりしている馨。

そんな息子を見ていると、ダメな自分が浮き彫りになって、ますます拒絶してしまったと、おばさんは語った。

母との関係を語る時、馨は私の前でも淡々としていたが、多分、凄《すご》く、傷ついていた。

何であの人は俺のことがそんなに疎ましいんだろう……って、自問していた。

「これでも、あいつが生まれた時は、すっごく嬉《うれ》しかったんだあ」

おばさんは、また顔を上げ、空を見上げた。

「梅雨の時季だったから、生まれたその日も雨が降っていたの。だけど馨を連れて退院した日、病院から出るとすぐに雨が上がって、空がパーッと晴れて、虹《にじ》も出て、そして、凄く良い匂いがした。雨上がりの清々《すがすが》しい空気の香り。だから、私あの子に〝馨〟って……名前をつけようと思ったのよ」

その瞳《ひとみ》は、静かに煌めく。

十八年ほど前の、奇跡的な一瞬を、今も瞳に映し込みながら。

「雲間から光が差してきた。紫陽花《あじさい》がキラキラしてた。あの子の誕生を世界が祝うような、奇跡的な瞬間に思えた。きっと多くに愛される子になるだろうって、心が洗われた。それ以上に、私があの子を愛していけるって。私たち、きっと幸せになれるって」

どれほど幸せで、かけがえのない瞬間だったんだろう。

話を聞いているだけで、私も少し、感極まる。

「ふふ。えらくムスッとした赤ちゃんだったけれど、それでも可愛かった。生まれた頃は赤ん坊らしく泣いてたんだけど、指を出すと、それをちゃんと、ぎゅっと握って落ち着いたの。ハッとしたような顔して。私のこと、お母さんだって……思ってくれていたのかな」

「私、さっき写真を見ました。馨が赤ちゃんだった頃の写真」

「……綺麗《きれい》な子、だったでしょ」

「ええ」

「私、ろくな人生送ってなかったけれど、これからはこの子を守らなきゃ、この子の為に生きて行こうって……あの時、確かに、誓ったはずだったのよ」

いつからそれを忘れてしまったんだろう。

いつから、我が子を見るのが苦痛になったんだろう。

心と心がすれ違い、離れてしまったんだろう。

おばさんは囁《ささや》くような声で、自らへの疑問を繰り返す。

「馬鹿な母親。馬鹿な母親よ、私」

そして、自らを責める。

「だって、覚えてないの。私、あの子に最後に〝愛してる〟って言ってあげたの、いつだっけ」

その言葉を貰《もら》えなかったから、馨は、おばさんに嫌われていると信じ込んでいた。

今世でもまた、嫌われてしまった、と。

馨は自分が、親の愛を絶対的に貰えない存在なのだと、考えていた。

最終的に諦《あきら》めて、そんなものいらないって、私さえいれば良いって言ってくれていたけれど、家族の愛への憧れは、決して無くせるものではない。例えばそれは、大の大人であったとしても。

隅田《すみだ》公園や上野《うえの》公園なんかを歩いていても、ふとした時に、遠くで遊ぶ知らない親子を見ている。

馨が好きな映画やドラマ、漫画には、必ず家族の絆《きずな》や愛が描かれている。

馨はとても強い。そりゃあ、そこらの高校生に比べたら、ずっと精神的に強い。

だけど、家族に対するトラウマ、小さな小さな切り傷が、彼の心に残り続けていること、それが全然治っていないことを、私は知っていた。

それを癒《いや》してあげることは、私には、どうしてもできなかった。

昨日、それを思い知った……

私はぎゅっと膝《ひざ》のスカートを握りしめ、一つ、覚悟して立ち上がる。

「雅子おばさん。あなたに、私たちの秘密をもう一つ教えます」

「……え？」

「少し、ここで待っていてください！」

私は急いで朝倉清嗣の書斎に向かう。昨日、羽衣の手がかりを探した部屋だ。

そこで一冊の本を借りて、また雅子おばさんの元に戻る。

手にしているのは、『大江山《おおえやま》酒呑童子《しゆてんどうじ》絵巻《えまき》』と書かれた本。

昨晩、なかなか眠れなかったから、ずっと考えていた。

あやかしの存在を見て、感じて、信じた、雅子おばさん。

今のおばさんには、もう私と馨のことを、伝えてもいいのではないかって。伝えるべきなんじゃないかって。

「おばさん、聞いてください。私たち、実は――」

その本を開き、私は、語った。千年も昔の御伽噺《おとぎばなし》を。

私と馨が、前世は鬼で、夫婦だったこと。その前世を覚えていること。

酒呑童子と茨木童子《いばらきどうじ》の恋物語を。

最後は死に別れ、今世やっと再会できた、桜散るあの瞬間のことを。

おばさんはただただ驚いた顔をしていたが、時々、思い当たることがあるのかハッとしたり、口元に指を添えたりもしていた。

こんな話、何もかも、信じられないだろう。受け入れられるはずはないだろう。

だけど、話を止めたり否定したりすることもなく、ずっと聞いてくれた。

上手《うま》く説明できなかったこともあるかもしれない。だけど、私は必死に、語り続けた。

私が馨と再会できたのは、あなたが、馨を生んで育ててくれたからなのだと、わかってもらえるように。

「……あはは」

おばさんは、笑っていた。

「あの、やっぱり信じられない、ですよね」

「いいえ。そうじゃないの。ただ……あー、って、思っただけ」

後ろの廊下に手をついて、また遠い空を見上げる雅子おばさん。

「鬼、かあ。前の私だったら、意地でも信じなかったでしょうね。何もかも信じられない、嫌な大人だったもの。だけど、昨日見たものは、本当だわ。あれを否定できないのなら、私はあなたたち二人のことを、信じるしかないのよ」

そして、私の持ってきた『大江山酒呑童子絵巻』の書物に今一度目を落とす。

「どれが馨？」

「あ、この大きい鬼です」

「へええ。なんか、女たくさん侍《はべ》らせてるけど」

「あ、なぜか物語上はプレイボーイ設定なんですけど、実際はそんなことないです。一途《いちず》で真面目で働き者の、あの馨です」

「ふうん」

そして、人間たちに、首を切られて死んだ鬼。

そのページを、おばさんはじっくりと見ていた。

絵巻で見る姿は恐ろしい大鬼であるが、本当はとても、とても優しい、一途で美しい青年の鬼だった。

「私……馨が、真紀ちゃんと初めて会った日のことを、よく覚えてるの。馨って、子どものくせに全然泣かないし、クールでスカした子だったのに、真紀ちゃんを前にした途端、馬鹿みたいに泣きじゃくって」

驚いたなんてもんじゃなかったって、おばさんは笑ってた。

「それからも、ずーっと真紀ちゃんの側にいて、離れようともしないで。必死にあなたのことを守っているようで。最初はただ、馨が可愛い子に、ませた恋をしてるのかなって思ってたけど、途中、何かが違うって気がついた。正直なことを言うとね、私、異様だって思ってたの。馨と真紀ちゃんのこと、わけわかんないって。気持ち悪い……って」

「……はい。わかっています」

そうだろう、と思っていた。私も、馨も、ずっと。

他人ではなく、親だからこそ。馨と私の再会、その後の関係は、異様に思えただろう。

「でも、そっか。……前世の奥さんなら仕方ないわね。敵《かな》うわけないわ。たった数年、一緒に過ごした家族なんて。あの子の見ているものを、何もわかってやれなかったのに」

「……おばさん」

私は首を小刻みに振る。

「でも、馨は、あなたたちを最後まで、諦めていませんでした。心の奥の何処かで、自分を愛して欲しいと、理解して欲しいと思っていたんです」

なんだかんだと言いながら、家族が別の道を選ぶ、その瞬間まで。

「酒呑童子とは、両親に捨てられた孤独の鬼でした。普通と違ったから、母に疎まれ、遠ざけられ、父によって寺に捨てられた。そして鬼となり、のちの妻となる茨木童子を救い出してくれた。だけど、両親の愛だけは、私には与えられなかった……っ」

どれほど彼を尊敬する仲間がいて、愛する妻や、守るべき大江山の子どもたちがいたとしても。

酒呑童子が最後まで、この世の幻想か奇跡かのように、焦がれ続けたもの。

それが、両親の愛情だった。

「………」

おばさんはゆっくりと目を見開き、口元に手を当てて、うっと表情を歪《ゆが》める。そして、ぽろぽろと涙を零《こぼ》した。

その涙が、開かれた『大江山酒呑童子絵巻』の、首を切られて死んだ残酷な一ページに、ポタポタ溢《あふ》れる。その鬼を、震える手で撫《な》でる。

「かわいそうに。かわいそうにねえ、首を切られて、死んだなんて……っ」

そして、その本をギュッと胸に抱き、前のめりになってすすり泣き、体を震わせ、嗚咽《おえつ》を上げていた。

「私、どうしたらいいのかしら。今更、馨に母親面なんてできない。前世を知ったところで、何もしてやれない」

私は、そんなおばさんの手に自分の手を重ねて、訴えた。

「どうか、馨の存在を、認めてあげてください。ただ、我が子だと」

酒呑童子の生まれ変わりという以外の、大きな大きな存在理由。

それを与えられるのは、きっと、ご両親だけだ。

雅子おばさんが馨の存在を認めていれば、馨はきっと、救われる。

「おばさん。私の話を信じてくれてありがとうございました。スミレさんの事件でも、信じて、手伝ってくれてありがとうございました。……馨を産んでくれて、ありがとうございました」

私は彼女の肩を抱き、何度も感謝した。

一度壊れてしまった関係だけれど、きっと、ここからやり直せる。

その兆しを、私は見たから。

たとえ、世間一般の母と子のように一緒に暮らしているような関係じゃなくても、お互いを想っていることを知っていれば、感じ取っていれば、それは力になる。

「そうだ。寝ている馨の傍に、コーラを置いてくれたのは、おばさんですか？」

「え？　……ええ」

おばさんは袖《そで》で涙を拭《ぬぐ》う。

「馨がコーラ好きなこと、知ってたんですね」

「そりゃあ、ね。あいつ小学生の頃からコーラだけは大好きだったから。ていうか私、馨の好物って、コーラくらいしか知らないわ」

「……だご汁は？」

「ああ。そう。それも。普段のご飯は地味なのが好きなのよね」

なんだかんだと、馨のことをいろいろと覚えている。

微笑ましいし、羨《うらや》ましい。やっぱり馨の母親はおばさんだけだ。

「あの、雅子おばさん」

だから私は、私自身がもう一歩おばさんに歩み寄るために、一つ、頼みごとをした。

「馨の好きなだご汁の作り方を、私に教えてくれませんか？」

それは、馨にとっても忘れがたい、母の味だ。


「え？　これ母さんと真紀で作ったのか？」

お昼時にやっと起きてきた馨が、目をパチクリさせて、大きな汁椀《しるわん》のだご汁を見つめる。

「ええそうよ。あんたが呑気《のんき》に寝ている間にね」

ねー、と顔を見合わせる雅子おばさんと私。

私と雅子おばさんの間に流れる空気の変化に、馨は気がついただろうか。

馨の好きな料理を、またひとつ覚えたわ、私。

「美味《おい》しい？」

「ああ。まあ……」

母親の前だからか、照れた顔して頷《うなず》く馨。

「ふふ」

「何笑ってんだ真紀」

「いいえ。これからも作ってあげよーと思って」

机を挟んだ向かいで、この会話を聞いていた雅子おばさんが、

「ねえ、あんたたちって、いつ結婚するつもりなの？」

「ぶっ」

馨、母の問いかけに、啜《すす》っていたご汁を思わず噴き出しそうになる。

私はうーんと腕を組んで、妄想めいた願望を語った。

「私はできるだけ早い方がいいんですけど、慎重な馨のことですから、大学卒業して、就職してからって感じでしょうね。でも25歳までには結婚したいんです。白無垢《しろむく》を着て人力車で浅草を爆走するんです」

「真紀さーん、俺たちまだ高校も卒業してないですよ？」

そんな中、雅子おばさんが「ふーん」と言いつつ、自分を指差して言う。

「結婚式にくらい、私も呼んでね」

「そりゃ母親なんだから呼ぶに決まってー……」

ハッとして、あ、やべえみたいな顔になる馨。

したり顔の私。そして馨の珍しい表情に、おばさんが爆笑。

「アッハッハ。いいわねえ～、高校生で運命の相手が決まってるのって」

「……くっ」

「馨。あんた、真紀ちゃんみたいな良いお嫁さんそうそう居ないんだから、大切にしなさいよね。バイトばっかりして余裕ぶってると、別の男に真紀ちゃん取られちゃうわよ」

「…………」

「愛を伝えて、感謝して、ご飯美味しいって言って、頼り甲斐《がい》のあるとこを見せなさい。そうじゃないと……私と父さんみたいになるわよ」

「自虐？　自虐を交えて俺を脅してやがるこの母親……」

そんな時、おばさんと一緒に作ったもう一つのお料理〝やせうま〟に夢中になっていたおもちが、私の膝《ひざ》からピョンと飛び降りて、きな粉を口にいっぱいつけたまま、ペチペチと雅子おばさんの元まで行く。

「あれ、どうしたのペンギンちゃん」

おもち、おばさんをじーっと見た後、そのフリッパーで彼女を指して一言。

「ばーば」

一瞬、空気が固まった。私と馨も。

「……そっか。そのペンギンちゃんからしたら、私っておばあちゃんなのか」

お、おもちいいいいいいいいい。

禁句を口にしたおもちに対し、私と馨はムンクの叫びさながらの表情だが、雅子おばさんは別に気にしていないのか、また爆笑している。

「あっはははは。いーのいーの。どうせいつか、本当におばあちゃんになるんだから」

そして、おもちを抱っこしてティッシュで嘴《くちばし》を拭《ふ》いてあげながら、

「いつかあんたたちの子どもも、こんな風に抱っこできるのかなあ……」

さりげなくこちらをチラチラ見ている雅子おばさん。

やばい。今度は孫のプレッシャーをかけられている。

私たちまだ高校生なのに……っ。

「はあ。ったく。こんな話、飯も落ち着いて食えやしねえ」

照れ隠しなのか、だご汁をすすって顔を隠す馨。

「いいじゃない。賑《にぎ》やかなのは好きよ」

馨が横目で私を見て、ちょっと照れながら、ボソッと。

「……美味《うま》いよ」

「はい？」

「だご汁。美味い。……浅草に帰っても時々作ってくれ」

さっきのおばさんの言葉を意識したんだろうか。

馨がさりげなく、私の作ったご飯を美味しいと言ってくれた。

それがとても嬉《うれ》しくて、私はきっと、満ち足りた幸せな笑顔を浮かべているだろう。

馨と、雅子おばさんと、私とおもち。四人の食卓。

あやかしの存在を理解し合えた私たちは、新たな家族としての第一歩を踏み出した。

いつか、本当の家族となれますように。

《裏》 馨、真紀を抱き枕にする。

俺の名前は天酒《あまさけ》馨。

祖父《じい》さんの書斎に、分厚いアルバムがあって、朝倉家の子どもたちの写真が、祖父さんの時代の白黒のものから、俺の生まれたばかりの頃のもの、希ちゃんや莉子ちゃんのものまで、順番に集められていた。多分ここにあるのは、祖父さんが集めた写真なんだと思う。

自分の部屋にそれを持って行って、まじまじと眺めていた。

おもちがこの古い家で、山河童《かっぱ》の子と豆狸の子と追いかけっこをしているのを、微笑ましく思っている、その傍らで。

誰にだって、子どもの時代というのがある。

俺だって、生まれた時からずっと酒呑童子としての記憶があったし、早く大人になりたいと願っていたけれど、それでもやっぱり子どもだった。

しっかし、赤ん坊の頃の俺、ふてぶてしいな。

今だから思うけれど、もう少し、子ども時代を子どもらしく楽しめばよかった。

両親を、信じて……

寝転がって写真を眺めていたら、微《かす》かにスミレの匂いが香ってきて、なんだかそれが妙に心地よく、気がつけば昼まで寝てしまった。

頬に、畳の跡をくっつけて。

なんだか、久々にこんなに安心して寝た気がした。


「……眠れねえ」

そのせいで、また、夜に眠れない。

今夜はおもちを真紀に持って行かれたしな。

天日羽に来て、母さんに自分のことを曝《さら》け出すことになるとは、思わなかった。

あんなに泣いてしまうとは思わなかった。

思わなかったけれど、悪い気はあまりしない。むしろ、重荷のような、シコリのようなものが、消えてなくなった気がして、心が晴れやかだ。

でも、真紀がいなければ、俺は母さんと向き合うことなどできなかっただろう。そんな勇気は、持てなかっただろう。

「そうだ……」

そして俺は、なぜかめちゃくちゃ、己の欲望に忠実になる。

立ち上がり、枕と上掛け布団を抱えて、

まくっていた。

「真紀を抱き枕にしよう」

スーッと襖《ふすま》を開けて、真夜中の真紀の部屋に堂々と入り込む。

「おい真紀」

「うわあ、馨⁉」

真紀も今夜は眠れないのか、大きな目をもっと大きく見開いて、突然の俺の来訪に驚きまくっていた。

「なっ、ななな、何⁉　あんたから私の部屋に来るなんて……っ。夜這《よば》い⁉」

そして自分の掛け布団を手繰り寄せ、布団の端っこで小さくなっている。

「変なこと言うな。ただ、一緒に寝ようと思っただけだ」

「あれ〜〜〜っ⁉　馨がおかしい。馨が絶対、おかしいわ！」

「静かにしろよ。希ちゃんたちが起きるだろ」

そして真紀の隣でゴロンと横になる。元夫婦でなければやばい絵面だ。

いや、元夫婦でもギリギリアウト？

真紀が俺の顔を覗《のぞ》き込んだ。

俺たちはしばらく、お互いの感情を探るように、見つめあっていた。

「……眠れないの？」

「ああ。昼寝しすぎたからな。ほら、お前ももう横になれよ」

真紀は少しだけ頬を染め、ちょっと嬉しそうにニヤニヤしながら、掛け布団を整えつつ、俺の隣で横になる。

おもちが、真紀の向こう側で「すひょ〜すひょ〜」と鼻提灯《はなちょうちん》作って爆睡していた。遊び疲れたんだなあ。

「あんたから私のところへ来るなんて、珍しいこともあるものね」

「うん、まあ。たまには真紀さんを抱き枕にしても良いかもなと思って」

「あれ？　あんたやっぱり、どこかの一部がおかしくなってるわね……」

真紀と近い場所で向き合い、俺はただ、彼女をぎゅーっと抱きしめる。有言実行である。

これは今の俺に、とても必要なことだった。

「ふふっ。こんなに積極的なあんたは、千年前以来よ」

「そうかもな」

「甘えに来たの？」

「……ああ」

「よしよし。馨、よしよし」

真紀は俺に抱きしめられたまま、背を撫《な》でたり、頬ずりしたりする。

これも俺を癒《いや》す、特効薬である。

「お前、母さんに教えたんだな。俺たちのこと」

「おせっかいだったかしら」

「……いや。ありがとう。俺には、そこまで伝える勇気はなかった」

「馨……」

「それだけじゃない。お前は俺に、本当のことを告げる勇気をくれた。お前が一緒にきてくれなかったら、俺はまた、母さんから逃げたかもしれない」

ポツポツと素直に感謝を述べると、真紀はクスクスッと笑う。俺の胸元で体を震わせるので、なんだか少しくすぐったい。

「頑張ったわね、馨。一つ、前に進めたのよ」

「前に？」

「前世と違う選択、その可能性の話よ。あんたはお母さんと向き合った。自分の本当の姿を晒《さら》して、おばさんも本心を吐き出して、お互いに分かり合えた。雅子おばさん、後悔してた。あんたに、最後に〝愛してる〟って言ってあげたの、いつだっけ……って」

ちょっとだけ胸がズキンと痛んだが、俺は相変わらず、そう言うのを誤魔化す。

「……別に、子どもじゃねーし、いいよ、そんなの」

だが真紀には色々お見通しで、「いくつになっても愛してるの言葉は必要よ」と言う。

「それに、聞いたの。あんたの名前の由来。馨を連れて退院した日、長く降っていた雨が上がって、清々《すがすが》しい良い匂いがしたんですって。世界に愛された子だって……それ以上に自分がこの子を愛すると決めたって。それで〝馨〟という名をつけたのですって。とても、愛を感じる名前だわ」

「…………」

自分の、名前の由来を初めて知った。

母さんが、そんな風に思って俺の名前をつけてくれていたなんて。

やはり、嬉しいものは嬉しい。自分の名前は、親からもらう、最初の贈り物だから。

だが、真紀はその時、小さなため息を俺の耳元でついた。

「ねえ、馨。やっぱり、私にも与えられない愛が、あるわねえ」

「……真紀？」

真紀の声は、どこか切なげだ。少しだけ体を離し、真紀の目を見る。襖の隙間から入りこむ月明かりに照らされ、潤んだその瞳《ひとみ》を。

「ちょっとだけ、雅子おばさんに嫉妬《しっと》しちゃった。あんたをあんなに泣かせることのできる女は、私だけだと思ってたから」

「真紀……」

真紀が、泣いている。

嫉妬というよりは、悔しさを滲《にじ》ませて、音もなく、小刻みに唇を震わせて。

そんな唇に触れ、そっと、口付ける。

「真紀。お前の愛は、特別だ。最強だ。それが無くなったら、俺はもう生きていけない」

「それはお互い様よ、馨。私だって、あんたがいないと寂しくて死んじゃう。あんたのものは私のもの」

「そこに繋《つな》がるのか……」

「あのね、大好きってこと。一番、大好きなの」

その言葉が、なんだかいつもと違って切実に感じられ、少しだけ不思議に思う。

真紀は俺に顔を見せることなく、胸に顔面を埋《うず》めて、腰をぎゅっと抱いた。

何か、複雑な感情を誤魔化すように……

そして真紀は、囁《ささや》くような声で、こんな話をした。

「ねえ、馨。例えばの話よ」

「……ん？」

「私が、もう一人いたら、どうする？」

それは……

もしかして、大魔縁《だいまえん》茨木童子のことだろうか。

話してくれるというのだろうか。お前が隠し続けたかった、あの姿の頃のことを。

「なあ、真紀。……お前」

古い写真に写った、浅草寺《せんそうじ》の雷門の傍に佇《たたず》む、黒い着物の茨姫《いばらひめ》を思い浮かべていた。

俺は、悪妖《あくよう》化した大魔縁茨木童子の姿を、写真で見たんだ。見たんだよ、真紀。

知りたい。

その頃のお前が、どのような場所へ行き、どのようなことを為《な》し、そして、何を考えながら浅草で死んだのか。

どんなことが語られても、俺はお前を、受け入れるから。

「……真紀？」

スウスウ……

寝息が聞こえる。どうやら真紀は寝てしまったようだ。

真紀の口から、やっとその話が聞けるかとも思ったが、知りたいと、逸《はや》る気持ちを抑え込み、俺は小さくため息をついた。

そもそも俺が真紀を抱き枕にしに来たのに、結局、俺が真紀にがっしりホールドされ、抱き枕にされてしまったぞ……

まあ、でも、いいか。

「おやすみ、真紀。……愛してる」

なんで、本人が起きている間に言えなかったかな。たくさん感謝しているのに。

真紀はいつも俺を救ってくれる。絶対的な愛をくれる。

次は俺が、真紀の抱え込む前世の闇を追いかけ、そのしがらみを払う番だ。

もう、一人にさせない。

第七話　御伽噺のつづき

「なんかあっという間だったね。ゆっくりできたかい？」

「ええ。お世話になりました、秋嗣《あきつぐ》さん」

　翌日の午前中。

　私と馨《かおる》は朝倉《あさくら》家の門の前で、この家の人々に別れの挨拶《あいさつ》をしていた。

「馨にーちゃんと真紀《まき》ちゃん帰るの〜？」

「そうだよ。ほら莉子《りこ》、そのペンギンのぬいぐるみ、ちゃんと返しな」

「えーっ」

　莉子ちゃんは唇を尖《とが》らせながら、朝からずっと手放さずにいたおもち（ぬいぐるみ）をしぶしぶこちらに返す。

「希《のぞみ》ちゃん、莉子ちゃん。元気でな」

「うん。馨にいちゃんも」

「希ちゃん、東京で待っているわね」

「……真紀ちゃん」

希ちゃんは、しっかりした顔つきで強く頷《うなず》いた。

彼女はこの町を出て、東京の大学に通いたいと言っていた。

高校生になり、まだその夢を持っていて、さらに具体性を増したなら、きっと彼女は東京に出てくるだろう。

その願いを、家族に言える時がくるだろう。

そしたら私は、希ちゃんが東京で頼りにできるような存在でありたい。

「あの……馨」

雅子《まきこ》おばさんが、別れ際におずおずと、馨に声をかける。

何か言おうとして、戸惑って、髪を耳にかけながらモジモジして、

「げ、元気でね。風邪とか、ひかないように……これから季節の変わり目だし」

多分、他に言いたいことがあったのだろうが、当たり障りのない言葉に留《とど》まる。

馨もまた「おお」と、素っ気ない。何よ、おおって。おお、って。

「それと、真紀ちゃんを大切にするのよ」

「そんなこと、母さんに言われなくても、わかっているよ」

クールな返事をしてばかりの馨だが、それでもしっかり、自らの母親に向き合い、

「母さんも、元気で。また……ここに遊びに来るよ」

その約束だけは忘れなかった。

雅子おばさんにとってそれは意外な言葉だったのか、彼女はぐっと表情に力を込め、泣きそうになっていた。

馨と雅子おばさん。

母と子の、今までの〝誤り〟が全てなくなったわけではない。

だが、傷痕《きずあと》は残っていても、やり直しが許される絆《きずな》もあるはず。

だって、雅子おばさんは馨の真実を受け止め、馨もまた、彼女を許したのだから。

「真紀ちゃん」

「はい、雅子おばさん」

「馨を、よろしくお願いします」

おばさんは、最後に私にそう告げて、深く頭を下げた。

「はい。任せてください」

私もまたお辞儀をして、母の愛が感じられるそのお願いを、しっかりと肝に銘じた。

いつかおばさんが、馨に戸惑うことなく「愛している」と言えるようになる日が来るのも、そう遠くないだろう。私はそう確信している。

座敷わらしの千代童子《ちよどうじ》が、家の中から、窓越しに私たちに手を振っている。

この家に遊びにくる山河童《かっぱ》や子豆狸が、おもちとのお別れが寂しくて泣いていた。カバンから顔をのぞかせるおもちもまた、声を上げずにウルウルとしている。

せっかくできた、同じ年頃のお友だちだったからね。

「大丈夫。いつかまた、会えるわよ」

だって、ここもいつか、私たちの帰るべき家の一つになるんだもの。

最後に、儚《はかな》げなスミレの香りが、風に乗って届く。

その香りに後押しされるように、私たちは朝倉家の門を出て、遠ざかっていく。

雅子おばさんは、最後まで馨の背を見送っていた。

広い道に出ると、さかずき山が遠く鎮座し、風力発電の風車はくるくる回り、白い真昼の月が私たちを見下ろしている、この天日羽《あまひば》の自然を拝める。

ポツポツとある天泣《あまな》き地蔵《じぞう》が、そんな月を見上げて笑っている気がする。

我が子の成長を祈る鯉のぼりが、片付けられるのを免れ、いくつか悠々と泳いでいる。

強い風が吹いたと思ったら、田んぼの向こう側のあぜ道を、落鬼たちがバイクで駆け抜け、旗を靡《なび》かせ私たちのお見送りをしてくれていた。派手な見送りだなー。

「あれ、おもち、何か握っている？」

「ぺっひょ〜」

ちょうどおもちが馨の背負うカバンから顔を出し、何かを掲げて太陽の光に当てて、キラキラしているのを見て楽しんでいた。

「何だ、これ」

「これは……」

ビー玉？　おはじき？

いや、違う。あの羽衣と同じ煌《きら》めきを抱く、丸い石。

おもちはいつの間にか、天日羽のお土産を、握りしめている。

ツキト様とスミレさんが、与えてくださったんだろうか……

「あ。おい、電車来たぞ」

そんな時、天日羽を去るための、人のいない鈍行列車がやって来た。

慌てて電車に乗り込みながら、最後にこの町の象徴である、さかずき山を拝む。

さようなら。御伽噺《おとぎばなし》の隠れ里。

浅草に帰り着いたのは、夕方だった。

私と馨は、まず千夜《せんや》漢方薬局に立ち寄ったのだが、

「おかえりなさいなのよ茨姫《いばらひめ》〜。会いたかったのよ〜寂しかったのよ〜」

と、木羅々《きらら》が私に抱きつきながら。

「お二人とも、長旅ご苦労様でした。あれ、おもち、お前太ったか？　え、唐揚げを食べまくった？　なんて恐ろしい……っ、共食いだなんて！」

と、ミカがおもちを抱きあげ、青ざめながら。

「真紀ちゃ〜ん会いたかった〜っ。真紀ちゃんのいない浅草《あさくさ》なんてつまんないのなんのって。あ、ついでに馨君も。居なくても別につまらなくはないけど」

と、スイが私に抱きつきそうなのを馨に阻止されながら。

これほど浅草から離れることは最近無かったし、みな寂しかったのか、愛情表現がいつも以上に大げさだわ。

そんな木羅々、ミカ、スイに、買って帰ったお土産を渡す。

「あれ？　大分行ったんじゃなかったっけ？　なんでお土産が〝博多《はかた》通りもん〟？　これ好きだから別にいいけど」

たまにお客さんが持ってきてくれるんだよね〜と、片眼鏡をクイッと上げながら、福岡の人気土産の箱を眺めているスイ。

「福岡空港で買ったんだ。大分じゃあ、土産を買う暇すらなかった」

「そうそう。福岡空港で、本場の博多豚骨ラーメンも食べたのよ！　美味《おい》しかった〜」

「お前、替え玉まで食ってスープも残さなかったからな。カロリーがヤバそうだ」

「私のお腹に入っちゃえば、破壊能力でカロリーをボコボコにするからゼロカロリーになるの。ああ、思い出しただけでお腹すいてきちゃった」

馨と私は、福岡空港で味わった博多豚骨ラーメンの味を思い出しながら……

「へえ〜。いいねえ、九州堪能しちゃって。真紀ちゃんと旅行、俺たちだってしたいのにねえ。けっけっ」

僻《ひが》みっぽいスイ。

でも確かに、眷属《けんぞく》たちと一緒に旅行って行ったことない。

「いつかみんなで、温泉旅行とか行きたいわね。鬼怒川《きぬがわ》温泉は浅草から一本で行けるし」

「あ、いいねえいいねえ。お風呂《ふろ》上がり浴衣《ゆかた》姿の真紀ちゃん……見たいねえ」

「おいモノクル変態おじさん。親父くさい妄想はよせ」

「親父くさい？　男のロマンと言ってくれたまえ馨くん」

なぜか得意げなスイに対し、馨がドン引きしている、いつもの構図。

一方、お土産の方が気になって仕方がない、ミカと木羅々。そしておもち。

このお土産は、福岡で知らない人はいないという「博多通りもん」。東京でも、九州の人にお土産で貰《もら》って知っている人は多いかも。

洋菓子風の皮と、とろける甘みと舌触りが特徴的な白餡《しろあん》のおまんじゅうで、おもちはこれを一口齧《かじ》って、あまりの美味しさに「ぺ、ぺひょ……」と震えている。

もう一人、このおまんじゅうに夢中になっているあやかしがいて、

「まあ〜。すっごく美味しいのよ、これ。お月様みたいなまあるい黄金色」

木羅々が落ちてしまいそうな頬に手を当て、一口齧った博多通りもんを掲げ、目を輝かせていた。

「そういえば、スイとミカと木羅々は、ゴールデンウィークの間、何してたの？」

「お店を開いていたよ。休みの日こそ、多くのお客さんが来てくれるからね」

スイがそう言うと、ミカが身を乗り出し、

「あと三人で、大型家具量販店に行きました！　木羅々が寝泊まりできるベッドを買いに」

「そうなのよ〜。見て見て、茨姫！」

そして木羅々が軽やか足取りで、隣の部屋の襖《ふすま》を開ける。

「う、うわあ……天蓋《てんがい》付きお姫様ベッド」

狭い和室にそれがある圧迫感と違和感は半端じゃないけど、確かに木羅々にはふさわしいであろう、ゴージャスなベッドだ。ミカは相変わらず押入れで寝ているらしいけど……

格差が凄《すご》いけど……

ただ、この三人が家具を買いに行く様子を思い浮かべると、何だか凄く微笑ましい。

まるで本当の家族のようだ。

「頑張ってね、大黒柱」

「お前、扶養が二人になったのか。立派なお父さんだ」

そして私と馨が、スイの背をポンポンと叩《たた》く。

スイは遠い目をしながら「稼がなきゃ……俺が稼がなきゃ」と切実に呟《つぶや》いていた。

「そういえば、私が浅草にいない間、凛音《りんね》は見た？」

「リン君？」

「始業式の日に隅田川《すみだがわ》で会ったんだけど、あれ以来、姿を見てないのよね」

私が凛音の話題を出すと、ミカと木羅々が、何か知っていると言うように顔を見合わせていた。

「ちょうど、お二人が九州へと旅だった日のことです。実は、僕と木羅々が共に奥浅草へお使いに行った時、凛音が僕らの前に現れたのです」

「そして、言ったのよ。今、茨姫はどこにいる、と」

凛音が、私の居場所を……？

「今、九州に行っていらっしゃると告げると、あの男は少し安堵《あんど》した様子でいました。ならばそれで良い、と。一体、何だったのか」

「そう。……前に何か頼みごとがあると言っていたけれど、そのことかしら」

「頼みごと？」

「ええ。あの子にはちょっとした借りがあるの。それで、一つ頼みごとを聞いてあげるって言ったのよ」

そう言うと、スイが「はあああああ!?」と、こっちが驚くほどの奇声を上げて立ち上がった。

「ダメだよ真紀ちゃん、あの男にそんな借り作っちゃあ！　何されるかわかったもんじゃない！」

「そ、そうだぞ真紀。血を吸い尽くされるかも」

馨まで。この二人は凛音を何だと思っているのか。

「アッハハ。あの子危なそうに見えるけど、そんなことまでしないわよ。そもそも私が生きてたほうが、血をちゃんと作り続けるもの。今全部吸うより、長い目で見たらそっちの方がいいでしょう？」

「う、うぐ……真紀に論破されるとは」

それにしても、凛音は次にいつ現れるだろう。

あの子だけは、まだ家族に戻って来てくれる気配はない。

そもそも、今は違う主人に仕えている。危ないことしてなければ良いけれど……

「そう心配そうな顔しなくてもいいのよ、茨姫」

そんな中、木羅々が自分の紅茶に角砂糖を入れてティースプーンで混ぜながら、慌てふためく男たちとは違う、落ち着いた口調で私に言い聞かせる。

「リン君もいつかは茨姫の元へ戻ってくるのよ。あの子はボクたち眷属の中で一番若いから、旅が必要なだけ」

「……旅」

可愛い子には旅をさせよ、と言うことだろうか……

流石に木羅々は、悟っているなあ。お母さんだなあ。

馨だけが「若いっつっても千年は生きてるんだぞ」とつっこんでいた。

「そういや、木羅々ちゃんリン君に『男のぶりっ子ババア』って言われたんだっけ？」

「そう！　そうなのよっ！　次に会ったらあのクソガキの口を塞《ふさ》いで吊《つ》るすのよ」

しかしそこだけ許せないみたいで、木羅々は可愛い顔して恐ろしいことを言いながら、プンプンに怒っていた。

「さ。もうすぐ三社祭《さんじゃまつり》だ。ゴールデンウィークが終わっても、ひと山越えた感じがしないのが、浅草。むしろ五月は三社祭が本番」

スイが片眼鏡を上げながら、気を取り直して話題を変える。

「ミカも、木羅々も三社祭は初めてでしょう？　もちろんおもちも。浅草を代表するお祭りだから、みんなで一緒に楽しみましょ」

「わーい、茨姫様と一緒にお祭りー」

「甘いお菓子はあるかしら、なのよ」

ミカと木羅々はそれが楽しみで仕方がないみたい。

「手鞠河童《てまりかっぱ》たちが自分たちの神輿《みこし》を作っているらしいよ〜」

「マジで？　あいつらあんなにちびっこいくせに、神輿担ぐのか？」

「担ぐのは下働きの牛鬼たちらしい」

「……すっかり立場が逆転しているなー、あいつら」

スイと馨が、手鞠河童たちの神輿について真剣に語り合っていたけれど。

そう。

浅草に人がたくさん集まる日といえば、浅草三社祭と、隅田川花火大会と、浅草寺《せんそうじ》の初詣《はつもうで》。

その中でも最も熱い、三社祭がもうすぐ始まる。

その準備で、浅草全体がざわついているからか、私の心も、少し落ち着かない。

スイの家で夜ご飯をご馳走《ちそう》になり、そのまま国際《こくさい》通りをのばら荘へと帰る。

「あとは、熊《くま》ちゃんと虎《とら》ちゃんとこにお土産持って行って、明美《あけみ》ちゃんや風太《ふうた》んとこにも持って行って……組長の所には明日持って行きましょ」

「熊と虎は、ゴールデンウィークはクソ忙しいっつってたから、ずっと仕事してたんだろうな。博多通りもんでも食って、一息ついて欲しいところだ」

「今、ちょうど二人の漫画のアニメが始まってるものね。あ、そうだ、帰ったら今週の分観なくちゃ。先週、良いところで終わってたから、続きが気になってたの。ちゃんと録画したわよね」

「俺が忘れるわけないだろう」

そう。熊ちゃんと虎ちゃんの漫画のアニメが、ちょうど今テレビ放送されている。

ただ、大分の田舎では絶対に映らない、とか言う馨がバッチリ録画予約して家を出たのだった。

「明美ちゃんは会社の同僚と熱海《あたみ》旅行に行くって言ってたわ。風太は実家のお蕎麦《そば》屋さんの手伝いばかりって嘆いてた。組長はまあ、いつも通りでしょうね」

「ゴールデンウィークの過ごし方も、それぞれだなあ」

「そうねえ」

私たちにとって、今年のゴールデンウィークは、忘れられないだろう。

「来年は、どんなゴールデンウィークになるかしら」

そして、帰り着いた我が家、のばら荘を見上げて、私は呟いた。

「来年、私はここにいるかしら」

選択肢が、いくつかある。

一つは、ここで、今まで思い描いていた通りの生活。

人間の、普通の女の子らしく短大に通って、就職して、馨と結婚して平凡で幸せな浅草ライフを送る。

そしてもう一つ。津場木茜《つばきあかね》に誘われた、陰陽局《おんみようきよく》という選択。だけどその道を選ぶとしたら、来年、私は浅草にはいないだろう。

その頃、私は何を知り、何に出会い、何を選択しているだろう。

「どう言うことだ？」

馨が怪訝《けげん》な顔をしている。

「ううん。最近物騒だから、私たちここに居られるのかしらって思っただけ。特に私、住所もバレてるしねえ」

「…………」

また、馨に嘘をついてしまった。

津場木茜に、陰陽局に誘われた話をしていない。

来栖未来《くるすみらい》という青年と何度か会い、彼が狩人《かりゆうど》のライで、酒呑童子《しゆてんどうじ》のもう一つの魂を持っていることも、告げていない。

私の、過去。酒呑童子の死後の姿、大魔縁茨木童子《だいまえんいばらきどうじ》についても……

分かり合えたはずなのに、もう一度恋をしたはずなのに、まだ言えないことがたくさんある。

「あのね……馨……」


酒呑童子の生まれ変わりが、もう一人いると知ったら、あなたはどうする？

私がまた隠し事をしていると知ったら、あなたは私を叱るでしょうね。

だけど、まだ、言えない。

馨が母と気持ちを通じ合わせ、こんなにも幸せな気分でいるのに、そんな残酷なことを伝えられない。

馨を信じていない訳ではないのに、もう少し、時間が欲しいと思ってしまう。

「あなたは、天酒《あまさけ》馨」

「は？　なに、当たり前のこと言ってんだ、真紀」

「そう。当たり前のことよ。あなたは雅子おばさんから生まれた、天酒馨という、たった一人の男の子」

あなたは天日羽に行き、ご先祖様にまつわる事件を解決して、自分のルーツを知った。

前世が〝酒呑童子〟であるということ以外の、あなたを形作る、血の繫《つな》がりを確かに意識した。きっとそれは、あなたの存在意義となる。

「だから、絶対に、自分を見失わないでね」

「……真紀？」

揺れないで。疑わないで。

私が愛している人もまた、天酒馨であるということ。

もう一人が、どれほど過酷な人生を歩み、救いを必要としている、酷《ひど》く痛ましい男の子だったとしても。

もうすぐ、馨の目の前に、真実と刃《やいば》を携えて現れるのだとしても。

それが、千年前から続く、残酷な御伽噺《おとぎばなし》のつづきなのだとしても。

私があなたを、必ず守る。

《裏》 凛音、鈴の音が鳴り響いている。

『名前をあげる。そうね、あなたは〝凛音〟。うん、これが良いわ。リン、リンって、あなたが来ると、大江山《おおえやま》の森の木々にくっつけてる鈴が鳴るから、ああ、また来たのねっていつも思うから。ちょうどいいわ。私の作った鈴も、一つあげる……眷属《けんぞく》の証《あかし》よ』


あの方に頂いた、オレの名は、凛音。

あの方はオレのことをそのまま凛音と呼んだり、リンと呼ぶこともあるけれど。

それは、はるか昔に失われた御伽噺。

日本には固有の吸血鬼が存在し、希少な鬼の一族として、隠れ里を作って暮らしていた。

それは人間から鬼と成り果てる存在ではなく、吸血鬼の親から生まれ、血を吸って生きるあやかしの類《たぐい》だ。

そう。それは人間たちに滅ぼされる千年前まで、確かに存在していた。

今となっては、オレ一人。

一角の吸血鬼である〝凛音〟が、唯一の、生き残りである。

○

リン……リン……

ああ、あの方が俺に与えた、あの鈴の音が響いている。

「しかし驚いたな、凜音。お前がかの茨木童子の眷属だったとは」

俺を閉じ込めた牢屋《ろうや》を開け、鉄仮面をつけた吸血鬼・ドラキュラ公が俺の刀を投げ込む。

リン……

投げ込まれた刀の柄に、あの方に頂いた鈴をつけていた。

その音が、この洋館に軽やかに響く。

「おっかしいと思ってたのよお、お前だけ日中も外に出られるんだもの。日本の吸血鬼は変わった種族なんだと思ってたわ。だけど……なるほどねえ」

「なぜ、我々に隠していたんだい、凜音」

公爵夫人は下品に笑い、ドラキュラ公はいまだ俺を試すように、尋ねる。

俺は目の前に転がっている二刀を拾い上げながら、

「それはもう、忘れたい過去だったからです、ドラキュラ公」

いいや、忘れたことなど、決してない。

忘れたくとも、この千年、一夜たりとも叶《かな》わなかった。

「凛音、お前を疑い、こんな仕打ちをしてすまなかったね。お前の言った通り、ゴールデンウィークの間は、確かに茨木真紀《いばらき》は浅草にいなかった。あの時、浅草に奇襲をかけていたら、我々の悲願は達成されることなく、計画は失敗しただろう。お前が過去に茨木童子の眷属であったとしても、我々はお前を信用しよう」

「……ありがたきお言葉」

本当に、冷酷なドラキュラ公がオレのことを信じたのかはわからない。

だが、ひとまずの信用は得た。

「それにしても、かつて仕えた主人を裏切るなんて、お前も罪な男ねえ、凛音。それほど酷《ひど》い目にあわされたのお？」

「ええ。それはもう。憎しみが、体を蝕《むしば》むほどに」

公爵夫人に対し淡々と答えながら、オレは鞘《さや》から刀を途中まで抜き、刃の側面に映る自分の目の色を確かめ、再びそれを鞘に収めた。

リン、と、また鈴の音が響く。誰も知らない、オレだけの音。

「茨木童子は、かつて、オレを裏切ったのですから」

満足げに公爵夫人が、手を差し出す。

「ならば、誓約のキスを」

だからオレは、オレ自身を偽りの忠誠心で塗り固め、あの方の〝血〟と〝悲鳴〟を求める者に跪《ひざまず》き、その手に口付ける。

「今はあなた様方に忠誠を誓う身。オレはあの娘を、必ずや血の兄弟に献上致しましょう」

たとえ、この身が血に汚れ、あなたを裏切ることになろうとも。

あなたはオレが、必ず守る。

〈番外・幼稚園児編〉馨、前世の妻と再会する。

『鬼神に横道なきものを！』

そう叫び、俺は源 頼光《みなもとのよりみつ》によって首を切り落とされた。

その瞬間を、今でも覚えている。

死後の世界があるのなら、きっと俺は、酒呑童子《しゅてんどうじ》は、地獄に堕《お》ちるものだと思っていた。

◯

「馨《かおる》！　早くしなさい、今日から幼稚園なのよ！」

「……もう準備してるよ」

「あら、あんた玄関にいたの。あ、ならそこで待ってなさい。お弁当お弁当」

「弁当ならもうカバンに入れたぞ」

「は？　あんたいつの間に……」

「母さんが化粧してる間」

俺の名前は天酒《あまさけ》馨。今日から幼稚園の年中組になる。

母親は、あれどこいったっけとか、鍵《かぎ》がないとか、口紅塗ってないとか、いまいち外出の準備が整わない。まあいつものことだけど。

俺は先に用意を済ませ、玄関で待っていた。

そこにある大きな鏡に映る自分の姿に気がつくと、毎度ため息がでる。

なんだ、このちっぽけな姿は。

前世は平安《へいあん》の世を脅かした鬼・酒呑童子だったというのに、この落ちぶれようには笑いを通り越して泣けてくる。

「我ながら、可愛げのないガキだな」

体は小さく、幼稚園児らしいスモックを着ているのに、神経質そうなムスッとした顔のクソガキ。目なんて虚《うつ》ろなもんだ。

しかもこれから幼稚園に預けられる。この時間ほど、キツイものはない。

俺は大人だった酒呑童子の頃の記憶を有している。話の合う幼稚園児などいないし、逆に彼らと話を合わせ遊ぼうとすると、一気に疲れてしまって……

「ん？」

玄関の隅をちょろちょろ移動している、手のひらサイズの緑色のナマモノを数匹見かけた。隅田川《すみだがわ》の手鞠河童《てまりかっぱ》たちだ。

うちは隅田川沿いのマンションだから、たまにこいつらを家で見かける時がある。

どうやら我が家の角砂糖を盗み、運んでいるらしい。

ただの人間に生まれ変わっても、こういう輩《やから》は、見えるのだな。

「なんだお前、また人様の家のものを持っていってるのか」

「あ～？　すみましぇん、借りぐらしでしゅ～」

「借りたものを返さないくせに」

「あ～？　言ってる意味がちょっとわかんないでしゅ。あ、ここの盛り塩もちょっと持ってくでしゅ～」

玄関の隅に置かれた盛り塩も虚《むな》しく、彼らの生活物資となる。

自前の袋に入れてあれこれを盗み、持ち運ぶ、小さなあやかしたち。

出口に困っていたので、ちょっと玄関を開けてやった。

そもそも、いったいどこから入ってきたというのか……

「あーもうやんなっちゃう、会社に遅れちゃうじゃない」

「……俺、幼稚園くらい一人で行けるぞ」

「はあ？　バカ言ってんじゃないわよ。こんな小さな子供を一人で幼稚園に通わせてたら、私が白い目で見られるわよ」

母親は相変わらずカリカリしている。

いや、俺がこんな風だからかもしれない。

両親は子供らしからぬ冷めた我が子に、愛情の向け方が分からずにいるみたいだった。

俺もまた、鬼に成り果て両親に捨てられた前世を、忘れていない。親というものに対し、心を許せないのだ。

それにしても、なんて生ぬるい時代。

あの時代から、千年も未来の世界に生まれ変わったというのに。

このつまらない、灰色の日々はいったい何だ。

昔のような争いごとなどないが、俺は自分の心にぽっかりと穴が開き、満たされないでいるのを自覚している。日々の生活に、飽き飽きしているのだ。

いや、もしかしたらここは、本当に地獄なのかもしれない。

大切にしていたものが、一つも無い。

あの人を、見つけられない。

「……茨姫《いばらひめ》」

いつも、いつもいつも、前世の妻、茨木童子《いばらきどうじ》のことを思っている。

彼女は今も、鬼として生きているのだろうか。

会いたい。会いたい。

だけどこんな小さな俺を見たら、彼女に失望されるかもしれない。

それなら早く大人になりたい。

大人になって、この家を出て、俺は彼女を捜しにいくのだ。

園内には大きな桜の木がある。

散る桜の花びらを虚ろな目で見送りながら、母親の隣を歩いていた。

「きゃあっ」

強い風が吹いて、誰もが足を止めた、その瞬間。

そう。その強い風の中で、ただ一人の幼稚園児が向かい風を突っ切って、猛ダッシュで俺の真横を通り過ぎていったのだ。

「――え」

赤い。

気高いその赤い眼光を、纏《まと》う霊気を、忘れるはずもない。

思わず振り返り、赤みがかった髪の幼い娘を目で追う。

その娘はどうやら、風に飛ばされた黄色い帽子を追いかけているようだった。

しかしその帽子は、桜の木の高い場所に引っかかってしまっている。

いや、違う。あやかしだ！

いたずら好きのあやかしが彼女にちょっかいを出し、帽子を持って行ってしまったのだ。

幼い娘は勇敢にも、その小さな体で大きな桜の木に登っている。母親らしき女性が「こ

ら っ、降りてきなさい真紀《まき》っ！」と慌てた声を上げて、ハラハラしている。

真紀。もしかして、彼女の名か？

彼女は小さなあやかしのいる高い位置にたどり着くと、慈悲深く尊大な笑顔を作るだけで、あやかしからスッと帽子を返してもらっていた。

その様を見て、確信する。

あれは、やはり彼女だと。

「茨姫……っ！」

俺は思わずその名を叫んだ。

俺の声に反応したのか、幼い娘は高い木の枝の上で、キョロキョロとしていた。

「わっ」

強い風が吹き、彼女の体勢が崩れたので、俺は慌てて木の枝の下に滑り込み、コロンと落ちてきたその娘の下敷きになる。

しっかり抱きとめられないなんて、情けない。

「いっ……てて」

だけど、彼女が、茨姫が怪我をしなかったのなら……

「お、おい！　怪我はないか!?」

「………」

慌てて彼女を抱き起こし、肩を両手で掴《つか》んで、尋ねた。

「痛く、ないか？」

俺の顔を見て、彼女はしばらくぽかんとしていた。

じわりじわりと、お互いにその目を見開く。

絵に描いたように口を丸くさせ、目を瞬《まばた》かせることすらしない。

そんな、小さな茨姫が、散る桜の花びら越しにいる。

「っ⁉　っっ⁉　っ‼」

しかし彼女は、何がどうしてしまったのか、いきなり暴れて俺の腕を振り払う。

そして大混乱した表情のまま、桜の木の周りをぐるぐると走り回ってから、広場の向こうへと逃走。

「い、茨姫？　どうして逃げるんだ、茨姫！」

俺もすぐに立ち上がると、逃げた茨姫を追いかけた。

だが幼女のくせに足が速い。茨姫に追いつくどころか、見失ってしまった。

しかし……わかる。見える。

茨姫の霊力の色、匂いは、古い時代のものと変わらない。

赤い、赤い。赤い、糸。

それを手繰って、俺は幼稚園の脇にあるうさぎ小屋の裏側を覗《のぞ》き込む。

「……見つけた」

そこには、体を抱え込んでいる、小さな茨姫がいた。

俺が声をかけると、ビクッと肩を震わせて、ゆっくりと顔を上げる。

そう。小さな茨姫は、いまだ混乱し、怯《おび》えた表情をしていた。

なぜ……？

だけどもう俺から逃げることはせず、何かを確かめるように、俺の瞳《ひとみ》の、その奥を見つめている。

だから俺も、ゆっくりとしゃがみこんで、その娘の瞳を覗き込んだ。

目を見れば、わかるとも。

そこに宿る、茨姫の赤々と燃え上がる強い光。

しかしその光がわずかに歪《ゆが》んだ。

目の前の幼い娘が、目にいっぱいの涙をためて、

「会えたの？」

そう、ぽつりと問う。

「私は、やっとあなたに会えたの？」

ボロボロと涙を流し、俺に伸ばすその小さな手を、プルプルと震わせている。

「どうして？　なんでここにいるの？　私、私、ずっと捜して……あなたに、会いたくて

「……っ。シュウ様……っ！」

そんな彼女を見て、俺にもやっと、前世の妻と再会できた実感が湧いてくる。

「茨姫……なんだよな。そうに決まっている。俺がお前を見紛《みまご》うはずがない」

「シュウ様、シュウ様ぁ……っ！」

茨姫は小さな体で、小さな俺を抱きしめる。

そうよ、私よと何度も頷《うなず》き、呼吸もままならないほどしゃくりあげ、泣き続けていた。

俺もまた、そんな彼女の背に小さな腕を回す。無感情な心が揺り動かされ、滅多に泣かないこの瞳に、熱い涙が溢《あふ》れ出す。

茨姫。茨姫。

そうかお前、生まれ変わったんだな。

生まれ変わったってことは、茨姫は、死んでしまったということか。

「すまない、すまない茨姫。やっと、やっと……やっと見つけた……っ」

気がつけば、何も知らない園児たちが、俺たちを見つけて指をさしたりしている。

追いかけてきたそれぞれの母親なんて、俺たちの様子にぎょっとしている。

そりゃそうだ。

はたから見れば、幼稚園児二人が抱き合って号泣している、謎の絵面だろうからな。

だけどこれは、俺たちにしかわからない。わかるはずもない。

死に別れ、長い時を経て……

そして、とある夫婦は再び出会ったのだ。

「シュウ様、お怪我は大丈夫？」

「大丈夫だってこんなもん。ちょっとすりむいただけじゃねえか。舐《な》めときゃ治る」

「そうはいかないわ。人間の体って脆《もろ》いわよ。もう鬼じゃないのよ」

俺にとっては年少組から通っている幼稚園だが、真紀は今日から、年中組としてこの幼稚園へ通う。要するに、俺たちは同い歳だ。

二人してたんぽぽ組になった訳だが、その教室の隅っこでこそこそ話をしていると、茨姫はしきりに俺の怪我を気にするのだった。

茨姫のクッションになった時に、少しすりむいた肘《ひじ》の怪我だ。

「シュウ様、痛いでしょう？　私もよく怪我をするから、絆創膏《ばんそうこう》を持ち歩いているの。貼ってあげる」

もともとかなりの心配性だった茨姫。

スモックのポケットから取り出した絆創膏を、彼女は真剣な表情をして俺の肘に貼った。

その様子に懐かしい気持ちが溢れてくるが、そればかりが現実ではない。

俺たちは遠い昔の時代に死に、生まれ変わってここにいる。

俺たちの関係は、一度リセットされているのだ。

「あのな、茨姫。俺はもう〝シュウ様〟じゃない。酒呑童子は死んだ。周りを見てみろ。お前が俺をその名で呼ぶから、園児たちが不思議がっている」

「あら、それはシュウ様も同じよ。私ももう、茨姫じゃないわ。茨姫は死んだの。だから、今の私の名前は、茨木《いばらき》真紀。真紀よ」

「……真紀」

溌剌《はつらつ》とした良い名だ。とても似合っている。

「俺は、馨。天酒馨だ」

俺の名を知ると、彼女はパチパチと目を瞬《しばたた》かせた。

そのせいで、ずっと目の端に溜《た》まっていた涙がこぼれ落ちる。

笑顔なのに、その様がなんだか切ない。

「もう、シュウ様と呼べないのね。そう考えると、ちょっと寂しいわ。……でも、同じ。魂は、同じ色をしている」

こぼれ落ちた彼女の涙を、俺は自分の小さな指でそっと拭《ぬぐ》う。

スモックを着た園児なので様にならないが、真紀は触れた俺の手を自分の手で包み、頬に当て続ける。まるで俺の存在を、肌を、熱を確かめるかのように。

「私、ずっとあなたに会えなくて、苦しくて苦しくて、とても寂しかったけれど……やっと。やっと、馨様に巡り会えた」

「馨様、って。もうそんな様づけじゃなくていいからな。俺たちただの幼稚園児だぞ」

「なら、馨さん？　馨くん？」

「いやいや、呼び捨てでいいって」

「……か……馨？」

おずおずと俺を呼び捨てにする真紀。

ただ名を呼ぶだけなのに、なぜか顔を真っ赤にさせて、両頬を手のひらで覆っている。

そのせいで、俺までなんだか気恥ずかしくなった。

酒呑童子と茨木童子だった頃、彼女は俺のことを、いつもシュウ様と呼んで慕ってくれていたから、呼び捨てなんて新鮮だ。

真紀はまだまだ幼いが、かつての茨姫の面影がそのまま残っている。

そこに懐かしさを感じずにはいられないし、可愛らしい仕草にはドキッとする。

何だろう。生まれ変わってから今まで、ちょっとやそっとでは動じなかった強心臓のこの俺が……って、待て待て。さすがに幼女にときめくのは酷《ひど》いぞ。

いくら前世の妻の生まれ変わりだからと言って。

「ゴホン。ま、まあそういうことだ。俺たちはお互いに生まれ変わったのだから、これからは今の名前で呼び合おう。そうじゃないと、周りが不審な目で見てくるからな」

今も、幼稚園の園児や先生たちが、教室の隅っこで正座して向き合っている俺たちに、謎めいた視線を送ってくる。特に先生たちが頬を染めヒソヒソしているのが気になるな。

今まで散々大人ぶってきた俺が、一人の女児をやたらとかまっているからな。

おい、見世物じゃねーぞ。

「いいか、真紀。俺たちはもう夫婦じゃない。将来どうなるかはわからないが、あまりべたべたするのはよそう。おそらく、お互いの為にならない」

「え……？」

真紀はわずかに寂しそうな顔をした。

しかし何を思ったのか、彼女はコクンと頷くと、自分の両頬を小さな手でパシパシ叩《たた》く。

「確かに、私たちはもう夫婦じゃないわね」

この言葉を境に、彼女の纏《まと》う空気が、なんとなく変わった気がするのだ。

「鬼ですらないんだもの。ただの人間。ただの幼稚園児。これから、一つ一つ歳をとって、成長していって……そしたらお互いに、別の人を好きになったりするのかしら」

「……え」

俺は逆にドキリとさせられた。

そのようなつもりで言ったわけではなかったからだ。

もしかして真紀は、茨姫は、前世とは違う人生を歩みたがっているのではないか。

長い時を生き、屈強な身体を持ち、何より美男子で強かった酒呑童子。

しかし志半ばで死んだ、前世の夫。情けない俺のことなど、もう……

「ふふ。冗談よ、馨。あなたを、逃がすものですか」

しかし真紀は、幼女らしからぬ小悪魔的な笑みを浮かべ、少々高圧的な態度で、俺の胸に指を突きつける。

「俺はお前のもの……。かつてそう言ったのは、あなたよ。覚えてないとは言わせないわ。だからあなたは私と、もう一度結婚しなければならないの」

「は……はい？」

俺はたまげた。茨姫は酒呑童子に対し〝かかあ天下〟を発揮することこそあったけれど、命令したり、翻弄《ほんろう》するようなことなど……

「あんたのものは、私のもの。私のものは私のもの！」

「ち、ちょっと待て。なんだよいきなり。どこのガキ大将だよ！」

「ガキ大将じゃないわ。あんたの元妻よ」

「あんた、って」

腰に手を当て、堂々として言い切る。

あれ。茨姫は、こんな奴だったたろうか？

勝気な微笑みには、その意味深な視線には、再会に驚き、混乱し、おいおいと泣いていた茨姫はいない。

先ほどまであんなに儚《はかな》く、弱々しく、俺の名を呼ぶだけでも顔を真っ赤にしていたのに。

「だって……このくらい言っとかないと〝シュウ様〟は私に、全部をくれようとするでしょう」

「……は？」

「でも安心して。私は、絶対に〝馨〟を、肯定し続けるわ」

真紀はいったい、何を言っているのだろう。

彼女はスッと俺から視線を逸《そ》らし、窓の向こうの、どこか、遠くを見ていた。

「あ、馨。お弁当の時間よ。私のお弁当すごく大きいのよ。きっと園児のみんながびっくりしちゃうから、あんたしっかりフォローしてよね」

「フォローってなんだよ。って、本当にでかいな、弁当箱!!」

大食いなところは変わっていないみたいだ。

しかし、何かが少しずつ、俺の知っている茨姫と違う気がする。

きっとそれは、俺の存在しない、彼女だけの時間が生んだ変化なのだろう。

しかし僅《わず》かに小憎らしい。

俺は、今後の真紀のことを考えて、この歳で後の結論を出さずにいたというのに。

彼女は逆に、暴君のごとく断言し、命令してきおったのだ！

『あんたのものは、私のもの。私のものは、私のもの』


それが嫌というわけではない。ああ、断じて。

だってそれは、俺を求める肯定の言葉だ。

いらないと言われることが、何より恐ろしい。

俺にあげられるものがあるというのなら、本当は全部彼女にあげてしまいたい。

もう一度結ばれることを望まれているのなら、望むところだ。どんと来いという感じだ。

だが、命令されるとどこか反発したくもなる、天邪鬼《あまのじやく》な俺もいる。

少しは彼女が、焦るところも見たくなる。

多少、ストッパーの役目を果たさねばとも思う。

彼女の人生が大事だ。強い愛情が溢れすぎて、お互いだけが世界の全てになってしまい、過ちを犯してしまうわけにはいかない。

だから俺は、溢れそうな想いを抑えながら、その後も言い続けることになる。

まだ夫婦じゃない。

結婚してないが、離婚だ！

などなど。

俺がどんな気持ちでこの言葉を言っているのかも知らず、真紀は「またそんな捻《ひね》くれたこと言って～」と、上手な態度で返し、コロコロ笑うのだ。

これがまた園児らしくない、熟年夫婦の会話、夫婦《めおと》漫才のような感じになってしまい、俺たちは周囲が困惑するほど、独特の雰囲気を醸すことになる。

しかし二人でいれば退屈な日などなく、苦手だった幼稚園に通うのも楽しい。

俺たちは穏やかに、すくすくと育ち、共に時間を重ねていく。


だけど時々、真紀が、寂しげに遠くの空を見上げていることがあったっけ。

それは俺の知らない、彼女の顔。

真紀は、何を見ていたのだろう。

何を考えていたのだろう。

あとがき

こんにちは。友麻碧《ゆうまみどり》です。

浅草鬼嫁日記七巻をお手に取って頂きありがとうございます。

前回は夜景の綺麗《きれい》な横浜《よこはま》から豪華客船に乗ってたくせに、今回は飛行機で大分県の山奥へ……。

浅草《あさくさ》を拠点にあちこち行って、なんやかんやしてますが、今回もあやかし夫婦は元気です。物語も、前回のドンパチ回とはガラッと変わり、静けさのある田舎の中で、そこに根付いている伝承や、不思議なお婆さんの事情を交えながら、馨《かおる》と母の、家族の物語となりました。ちょっと本編から逸《そ》れた番外編感もあるのですが、一巻で馨の両親の物語を描いた時から、ずっと描きたかったエピソードでもあります。

大分に天日羽《あまひば》という町は実際にはありませんが、モデルにした町はございます。

そこは大分でも〝童話の町〟と呼ばれていますが、ご興味ありましたらご検索ください。

私にとっても所縁《ゆかり》深い場所で、田舎の風景や郷土料理など参考にしております。

本編で、鳥刺しという際どいお料理が出てきました。私は幼い頃から大好きで、問題なくバクバク食べていたのですが、食中毒が心配な方もいると思いますので、もし食べてみたいと思われた方は十分にご注意の上、信頼のあるお店をよくよく調べて頂くのがいいかと思います。

さて。次は六巻七巻でちらほら存在感を発揮していた、異国の吸血鬼たちとの物語になりそうです。真紀《まき》の特殊な血を巡る、ハラハラしていただけるようなものを書きたいですね。茨姫《いばらひめ》の眷属《けんぞく》三男坊がいよいよ活躍する……かも？

宣伝タイムになります。

宣伝一。浅草鬼嫁日記（ビーズログコミックス版）コミカライズの第3巻が九月三十日に発売されます。原作二巻の物語に突入しており、あのキャラやこのキャラがビジュアルで見ることができますので、ぜひぜひ楽しんで頂きたいです。みんな大好き（？）大黒《だいこく》先輩とか……いますっ！

宣伝二。もう一つの浅草鬼嫁日記コミカライズ（コンプエース版）の第2巻が、十月二六日に発売されます。

馨視点のコミカライズはこの二巻で終わってしまうのですが、馨視点だからこそグッとくるシーンがとても多く、美しいまとめ方をしていただいておりますので、こちらもぜひぜひお手にとってご覧ください。鳴原先生、本当にお疲れ様でした!!

宣伝三。ただいま富士見L文庫さんにて、友麻碧三ヶ月連続刊行キャンペーンを実施中でございます。友麻がんばりました。詳しくは帯をご覧ください。

中でも来月十月刊に、新作『メイデーア転生物語』の第一巻が発売となる予定です。こちら、浅草鬼嫁日記をお読みの方には知っている方もいるかと思いますが、友麻がデビュー前にネット上で書いていたものを大幅リメイクしたものとなっております。

浅草鬼嫁日記も、実のところこのメイデーアを原案に派生したものですので、同じようなキャラがいたりして、ちょっと面白いかもです。別次元で別のことをしている真紀たちという感じなので、ご興味ありましたら読んでみてください。

あらすじ。悪い魔女の末裔《まつえい》である男爵令嬢マキアは、規格外の魔力を持つ奴隷少年トールと出会い、二人はお嬢様とその騎士として信頼と忠誠心を育《はぐく》み、共に成長します。しかしある日、異世界より伝説の少女が降り立ち、トールはその少女を守る騎士の宿命を背負ってしまいます。二人は引き離されてしまいましたが、マキアはもう一度トールに会うため、王都の魔法学校へ通うことに……

こんな感じです。富士見L文庫では珍しい、剣と魔法の世界のお話となっております。

担当編集さま。いつも友麻の作品に根気強く付き合って頂きまして、心から感謝しております。浅草鬼嫁日記シリーズがこんなに長く続きましたのも、編集氏のおかげです。今後ともよろしくお願いいたします。

イラストレーターのあやとき様。今回も表紙イラストを担当して頂き誠にありがとうございます。田舎の畳の間の、ノスタルジックな雰囲気がとても素敵です。馨のあどけない寝顔が可愛いと私と編集氏の中で話題です。ぬいぐるみタイプのおもちがめっちゃ欲しいです。今後とも、浅草鬼嫁日記をよろしくお願いいたします。

そして、読者の皆様。

いつも温かな応援ありがとうございます。

なかなかしんどい状況にいる主人公たちですが、この先は大事なエピソードばかりですので、友麻的には書くのをワクワクしているところです。今後とも夫婦と愉快な仲間たちを応援して頂けたら嬉《うれ》しいです！

第八巻は、来年の春頃を予定しております。

またお会いできます日を心待ちにしております。

友麻碧

富士見Ｌ文庫

浅《あさ》草《くさ》鬼《おに》嫁《よめ》日《につ》記《き》　七
あやかし夫《ふう》婦《ふ》は御《お》伽《とぎ》噺《ばなし》とともに眠《ねむ》れ。

友《ゆう》麻《ま》　碧《みどり》

2019年９月15日　初版発行
2019年12月５日　再版発行

発行者　三坂泰二
発　行　株式会社 KADOKAWA
〒102-8177　東京都千代田区富士見2-13-3
電話　0570-002-301（ナビダイヤル）

印刷所　旭印刷株式会社
製本所　本間製本株式会社
装丁者　西村弘美

ISBN 978-4-04-073283-1 C0193